變態靈異學院
蝙蝠×Taaro
vol.3
孫悟空

霈林海

身分：25歲，拜特靈異學院一年級新生。
個性：溫和，好說話、好欺負。面對樓厲凡時，稍微有點懦弱，而且一聽到樓厲凡的暴吼就會尋找逃路。
能力：未測，應是特A以上三級。除靈感力外全能。
喜歡：看書。種花草。喝綠茶。
討厭：陰魂。
思維模式：人不犯我我不犯人，但人若犯我我就裝沒看見。

樓厲凡

身分：20歲，拜特靈異學院一年級新生，在魔女家庭長大。
個性：對身外之事很冷淡，但同時又很暴躁易怒，尤其針對霈林海。遇到不爽的事情就出口威脅，說最多的就是「殺死你」。
能力：B級。徒手封印。靈力性質中帶有部分破壞能力。
喜歡：學習。特訓霈林海。
討厭：蠢材，以及淨化用的枇杷（因外婆是千年女鬼）。
思維模式：
1、看你不順眼——不鳥你。
2、被惹怒（經常）——殺死你！
3、與自己無關的事——不看不理不關心。

天瑾

身分：19歲，拜特靈異學院一年級新生。
個性：非常陰森陰鬱，但很強勢且獨立，興趣喜好是用陰森森的語氣把人嚇個半死。
能力：B級中下。預感、遙測、推算。
喜歡：把自己關在陰森森的房間裡推演命運，用推算的結果去嚇唬威脅其他人。
討厭：白痴。
思維模式：一切以自己為中心。有話直說，不管他人聽不聽得懂；有事就要求別人做，不管別人方不方便。

御嘉&頻迦

身分：短髮的是御嘉，長髮的是頻迦。是樓厲凡的式神，死去時年齡20歲左右。
個性：活潑、愛撒嬌，卻也聒噪、蠻橫不講理。
能力：低階式神，無法離開樓厲凡的身邊，但樓厲凡的能力她們幾乎都有。
喜歡：帥哥美女。
討厭：醜男。
思維模式：人家不要嘛～～↑不要的東西就破壞掉吧！

雲中樹&花鬼

身分：外表年齡約30歲左右。雲中樹原為拜特靈異學院的學生，花鬼原為被植入樹中的魂魄。由於過去的重型案件影響，兩個「人」都已不屬於正常生物。
個性：雲中樹看起來陽光開朗，花鬼像是天然呆，然而兩者皆心機深沉。
能力：強奪之力。
喜歡：未知。
討厭：未知。
思維模式：不是我的？搶過來就好啦！^^

拜特·H·SX

身分：年齡未知，至少千歲以上。拜特靈異學院校長。
個性：全身蒙在黑布中的變態。人際關係極差，是因為他的各種變態行為導致所有人都對他敬而遠之。
能力：未知。
喜歡：愛欺負學生，以看學生（以及所有除了自己之外的人鬼神）倒楣、痛苦、氣得跳腳或者大怒發瘋的樣子為樂。
討厭：未知。
思維模式：這件事很變態＝這件事就一定很好玩——那麼就玩玩看吧！管他會造成什麼結果！

東明饕餮

身分：23歲，拜特靈異學院二年級。
個性：稍微驕傲，有點以自我為中心，像是個被寵壞的孩子。
能力：推算。由於被東崇再造身體，因而和東崇共生，能力與東崇相同。
喜歡：一個人遊蕩，或坐在黑暗處嘮叨。曬太陽。
討厭：殭屍。由於體質的關係經常被人忽略，所以很討厭別人不注意自己。
思維模式：任性。

東崇

身分：千歲以上，拜特靈異學院二年級。愛爾蘭的情人。
個性：城府隱藏得很深，不熟悉者常被他好好先生的樣子所騙。
能力：殭屍裡的最高級別旱魃，同時又有一半吸血鬼血統。
喜歡：為了東明饕餮而到處藏殭屍。
討厭：無。
思維模式：很容易同意他人看法，但是有自己的主見時絕不改變。

CONTENTS

第1章

圖書館裡有驚魂也有變態

圖書館，整個拜特學院中最神秘的地方。

它位於教學樓後方，只有三層樓高，由於前面那座一百四十七層的超高樓層而導致它終年見不到陽光。

從外觀來看，它的設計風格和教學辦公樓是差不多的，都屬於花崗岩建成的略帶古風建築，不過裡頭看起來就比教學辦公樓的年紀要大得多。房梁居然是用原木製成的，似乎受到了長年的煙熏火燎而泛著油亮的黑色，牆壁和地板以竹篾編織而成，走在上面有種在跳彈簧床的感覺。

圖書館的一樓是電子閱覽室，主要是用電腦與全世界的各大圖書館相連接。

本來圖書館的占地面積就不大，電子閱覽室只有這一層，如果幾千名學生都想來的話，難保不將它擠破吧。可奇怪就奇怪在這裡，從來沒人數清楚過這裡面有多少臺電腦，似乎不管來多少人它總是有餘裕，有人甚至猜測，說不定就算全校的人同時來使用都沒問題。

圖書館的二樓和三樓是傳統閱覽室，擺放著用傳統印刷與裝訂方式製作的紙本書籍。其實在這個年代，看紙製圖書的人已經不多了，但是所有的靈能學校卻一直堅持著一個原則，那就是紙張所製的圖書絕對不能捨棄，因為電腦中的「字」是沒有活力的，而紙張上的「字」卻有，電腦上的字無法作為法力的傳遞，紙張書籍上的字卻可以。

所以，在這間圖書館裡還存有大量奇怪的書刊。

不過這不是什麼稀奇的事情，所有靈能學校的圖書館都得有這樣的庫存。奇怪的是，這裡的面積是有限的，但是藏書卻似乎無窮無盡，不管誰想要看什麼書，到這裡來找圖書館管理員要就是了。就像廣告詞裡說的那樣——只有你想不到，沒有我們做不到。

※◆◇◆◇◆◇◆※

「小帥哥～」甜膩膩的聲音響起，樓厲凡抱著手中的書習慣性的往旁邊一躲，讓那一雙纖纖玉手摸了個空。

「真小氣。」騷擾未遂的美女長嘆。

該美女一身黑色吊帶背心加上黑色迷你超短裙，滿頭的黑長捲髮披散在腦後，漂亮是很漂亮，但是不知為何看起來卻相當的令人討厭。

「我來一次妳調戲我一次，不小氣怎麼行。」樓厲凡冷冷的回答。

每次他到二樓閱覽室的時候都會遇見這個女人，作風開放得讓人頭疼，據說她的名字也叫拜特，不知道和宿舍管理員、校醫還有校長有什麼關係。

霈林海跟在樓厲凡身後走進來，把書本換到右手上，用左手很高興的和她打招呼：「妳好，拜特女士。」

是人都喜歡美人吧，無論男女。

她腦袋轉到了一邊，「……太好欺負的沒意思。」

霈林海打招呼的那隻手僵在了半空。

不過話說回來，總有些外表美麗，內在卻是個惡魔，就算第一眼喜歡上了，他（她）也能把你弄得不想再看他（她）第二眼。

天瑾揹著側肩包第三個走進來，拜特又興奮了，揮著纖纖玉指向她打招呼：「可愛的冰山美女！妳好～～」

天瑾用比樓厲凡更冷的目光看了她一眼，然後說道：「妳這副皮囊比之前的更難看。」

「……」這回輪到拜特的手放不下來了。

「天瑾，太沒口德會沒人要。」樓厲凡好像有點幸災樂禍的回頭說道。

「我說的是實話。」天瑾毫不在意的說道。

拜特的身體忽然像球一樣脹了起來，轉眼間變成一個比霈林海更高、滿身肌肉又滿臉鬍渣的男人——依然穿著那身吊帶背心和超短裙。

「原來妳喜歡這樣的嗎？」他用變得異常粗啞的嗓音忸怩的問道。那好像人妖一樣的聲線讓人渾身直冒雞皮疙瘩。

天瑾淡淡的看了他一眼，回答：「反正不管你變成什麼樣子都一樣沒品味。」

「視覺暴力。」樓厲凡說了這麼一句，頭也不回的走掉。

「的確是視覺暴力……」霈林海自語，立刻跟在樓厲凡的後面跑走。

天瑾聳肩，和他們一起往閱覽室裡面走去。

「討厭啦～天瑾小美人！我為妳變成這個樣子妳居然都不多看我一眼～～」

幾個無辜的學生踏入二樓閱覽室範圍，一眼看見那個穿著超短裙的彪形大漢，驚恐得齊聲慘叫「變態呀——」，轉眼便逃得無影無蹤。

「真沒禮貌～～」拜特一隻手托著下巴，扭動著龐大的身軀說道。

一眼望去，這間圖書館和普通的圖書館沒有什麼區別，就是牆壁、地板和房梁稍微奇怪了點。雖然沒有陽光，但是屋頂上密密平鋪的房梁之間有明亮而溫和的光線灑射下來，室內的採光沒有任何問題。

直到現在樓厲凡都很懷疑那些光線從何而來，因為不管怎麼看都不像是人工的光線，更像是真正的陽光。可是由於房梁之間的縫隙不太大，而那些光線看久了又會讓眼睛流淚，所以他還是沒搞清楚那些光線的來源。

這間圖書館沒有讓學生坐下來閱讀的地方，十幾排書架整整齊齊的占滿了整個樓層，學生們要看書只有站著或者帶回宿舍去——當然，如果有本事自己弄出椅子也不會有人反對。

樓厲凡走到鬼怪分區的其中一排書架旁，將手中幾本從那裡拿出的書放回去。

「我是樓厲凡，三月二十一號在這裡借閱的書籍已經歸還。」

書架上浮現出一張巨大的嘴巴，一張一合：「借閱號34543，樓厲凡書籍已經歸還，確認完畢。」

樓厲凡轉過身，霈林海和天瑾的書也已經放回了原處，霈林海又在另外的書架上尋找自己合意的書刊，天瑾卻合上自己的側肩包，看來馬上要準備離開了。

「天瑾？」樓厲凡有些奇怪的問：「剛才妳不是說要在這裡借些書回去看？怎麼這麼快

就要回去了？」

「感覺不好。」天瑾回答。

「什麼感覺不好？」

天瑾用手指在周圍一繞，「全部。」

「妳以前不是沒有不好的感覺？」

「現在有。」她看也不看他一眼，轉身離去。幾乎曳地的白色長裙讓她單薄瘦長的身體看起來像是飄走的一樣。

樓厲凡收回眼神，發現霈林海正看著他笑。

「你笑什麼？」他皺眉。霈林海的笑看起來和平時不太一樣，總覺得怪怪的。

「雖然被稱為『魔鬼天瑾』，不過終究還是個漂亮的女人，是吧？」霈林海說道。

「……你想說什麼？」

「如果把她當作女朋友的話會很辛苦吶。」

樓厲凡沉默，一會兒伸出食指指著霈林海，「再敢胡說，我拆了你的骨頭！」

霈林海向後退了一步，囁嚅的說道：「開……開個玩笑而已，別那麼認真……」他一轉身，險些與身後的女孩來個大接吻，他大叫一聲倒退幾步，一屁股坐到了地上。

那個女孩——正確來說不是女孩，而是一個女孩的魂魄——梳著短短的學生頭，身穿一身長及腳踝的蕾絲長裙飄浮在半空中。以霈林海那種身高，普通的女孩要和他臉對臉也不太容易，所以當然只有飄浮在半空才有可能。

女孩長得很漂亮，臉上也沒有血痕或者多點少點什麼器官來嚇人，不過任誰一回頭就發現自己和某人臉貼臉都會嚇一跳的。

「我──好──好──愛──你……」女孩機械性的說道。

「啊？」

「我──好──好──愛──你……」女孩又重複了一遍，飄飄蕩蕩的移近霈林海的面前，她伸出一雙白嫩的手，似乎想托起霈林海的臉。

自從吸鬼一戰之後，霈林海對所有忽然示愛的女人都充滿了防備之心，尤其是這種怪怪的女幽靈。沒等她碰到自己，他已經維持著坐在地上的姿勢往後蹭了很遠，一直蹭到樓厲凡的腳邊。

「多麼溫柔可人的美女。」樓厲凡哼一聲，冷冷的說風涼話：「她這麼符合你的要求，你怎麼不接受？」

「……我還不想死。」霈林海憋得臉色通紅的說道。

「算你那兩隻眼睛還有點用處。」樓厲凡右手的食指和中指併出一記劍訣，指向那個魂魄，「何處來何處去，叱！」

女孩閉上眼睛，身形忽然變得很長，在空中化作月牙般長長的模樣，哧溜一聲消失在他們對面分區的書架上。

霈林海站起來拍拍屁股上的灰塵，還是有點緊張，他問道：「那是什麼？」

「書的魂靈。」樓厲凡指著對面分區上懸吊的牌子說道，「剛才她反覆的說『我好好愛你』這種肉麻的話，我就在猜她大概是那個區的吧。」

果然，那塊牌子上面寫著很大的三個字——言情區。

「每一本書都有自己的魂靈，正因為如此，靈能學校才不提倡使用電子類書籍。」樓厲凡說著，一轉身，和身後一個有著熱切眼神的老人魂魄碰了個臉對臉。

「先生。」老人用很虔誠的目光看著他，「你知道麥加怎麼走嗎？我要去麥加朝聖，但是不知道為什麼找不到路了。」

樓厲凡臉色有點不好的說道：「今天真是見鬼了，怎麼又一個……」

老人好像聽不到他的話一樣，虔誠的繼續重複道：「先生，你知道麥加怎麼走嗎？我要去麥加朝聖……」

「要找麥加也得先回你家去。」樓厲凡一指「聖者傳奇區」，老人的魂魄咻的一聲消失在一片書海當中。

「奇怪？」霈林海問道：「我以前都沒見過書的魂靈，怎麼今天一見就是兩個？」

樓厲凡想了想，天瑾的話又在耳邊響起。

「感覺不好……」

她人品不行，但無論如何預感總是比他強，他該相信她的感覺的！

「霈林海，我們走。」

「咦？走哪裡去？」

「離開，今天這裡不能多待。」

「啊？」

雖然對樓厲凡這種臨時起意難以理解，但霈林海還是選擇老老實實的跟他走——相信樓厲凡是一回事，但他更多的是怕樓厲凡發飆。

兩人迅速的向閱覽室門口移動。然而不知為何，剛才進來的時候明明沒有任何阻礙，可是現在想出去時，腳下竹篾織成的地板忽然變得柔軟出奇，每一腳踩上去都踏出一個深深的凹痕，無論是抬腳還是落腳都必須要用很大的力氣才可以。

他們盡量加快了自己的步伐，本來鬼怪書籍的區域離門口並不太遠，即使再慢也該是走幾步就到了，可是他們快速的一步一步走下去，足足走了十分鐘卻依然在鬼怪書籍分區的範圍裡，好像那十分鐘的時間裡他們一步也沒有前進一樣。

樓厲凡停下腳步，也阻止霈林海前進的步伐，轉頭看看周圍。來此借閱書籍的學生們有的走來走去，有的則站在某個書架旁抱著書看得入迷。似乎沒有人發現有什麼不對，難道只是他的錯覺嗎？

樓厲凡試探著往後退了一步。嗯，以書架的相對位置來看，他應該是後退了。然後他又向前一步……

不，書架的相對位置沒有太大的改變，幾乎只有一丁點些微的不同。他再看看周圍的學生，這才發現原來所有走來走去的學生都是往閱覽室裡走的，往外走的學生似乎除了他和霈林海之外，一個都沒有。

「又被關進哪個結界裡了嗎？」霈林海也發現了這一點，苦惱的問道。

「如果被我發現又是哪個無聊的傢伙……」樓厲凡有些惱怒的用力一敲身邊的書架，書架發出很大的「砰」一聲。

如果樓厲凡知道自己那一拳下去會產生什麼後果的話，他大概是寧死也不會去敲。畢竟他身邊還帶著一個出氣筒——霈林海——嘛！但是，他敲了，而且在憤怒之中用了他自己都沒發現的力氣。

隨著那「砰」的一聲，無數奇形怪狀的妖魔鬼怪都從那個書架上影影幢幢的飛了出來，在圖書館裡四處亂撞。

它們無論撞到哪個書架上，都會從該書架裡飛出一堆見過或者沒見過的奇怪怪物，飛出來的那些怪物又四處去飛撞別的書架，再撞出更多怪物……不一會兒整個圖書館裡充斥了各種奇形怪狀的書籍魂靈，剛才還算安靜的館內變得比菜市場更加嘈雜。

「我的頭呀我的頭呀我的頭呀……」一個沒頭的騎士抱著自己的頭盔——也許是頭——騎在馬背上跑來跑去。

「統治世界！哇呀呀呀呀呀呀——」一個半人多高，像洋蔥頭一樣的東西領導著無數小洋蔥頭橫衝直撞。

「我們是害蟲我們是害蟲我們是害蟲……」大批的蟑螂在半空中擺出花朵的形狀飛來飛去。

「男人都是負心漢！」一個穿著獸皮的女人手提火箭筒逮誰轟誰。

「我的女人跟人跑了，你們誰見過她？我的女人跟人跑了，你們誰見過她……」形銷骨立的男人抓住身邊一個豬頭怪物號啕大哭。

「啊，我是天邊的一朵小花……」體重大概有兩百公斤的女人拿著詩稿深情的唸著。

「我說了我討厭死人我討厭死人我討厭死人……」只剩下一顆腦袋外加一根長脊梁骨的鬼在空中盤旋。

「我要投胎！為什麼找不到懷孕的女人！」

「鬼啊！鬼啊！」

「神龍啊出來吧！」

「比克大人我愛你！」

「為了大地的愛和正義——」

「死去吧白痴！」

「吃人吃人吃人吃人……」

「不好吃不好吃不好吃……」

……諸如此類。

剛才還一片平和的學生們盯著這少見的情景，大張著嘴巴一時忘記該如何反應。樓厲凡還維持著自己敲擊書架的動作，額頭上冒出一片細密的冷汗。

「這些……是什麼？」霈林海顫抖著問道。

多麼壯觀的鬼怪大遊行……幾乎所有人都確信自己可能一輩子都不會再看到如此盛大的情景了。

「書魂……全跑出來了……」樓厲凡顫抖著回答。

他手邊的書架抖動了幾下，在他還書時只是一個普通嘴巴的生物咻的一聲竄起了長長的脖子——脖子頂端沒有頭，只有一個巨大的嘴巴。

它轉了個圈，轉向樓厲凡破口大罵：「你白痴嗎！居然敢在這麼不穩定的日子裡打我！現在鬧出這麼大的動靜讓我怎麼收場！我的秩序啊！百年來的秩序啊！就被你破壞了！你這個瘟神！掃把星！」

那張嘴聲嘶力竭的吼著，口水像噴壺一樣四處亂噴。一顆圓圓的東西飛過來，咚的一聲砸到那張嘴巴上，嘴巴好像愣了一下，啪嗒一聲從脖子上掉了下來落在地板上，似乎昏過去了。那顆圓圓的東西彈跳起來，落在霈林海手中。

「這是什……」

霈林海還沒來得及看清楚，那個無頭騎士從他身邊一掠而過，把那圓圓的東西搶走了。

「我的頭我的頭我的頭我的頭我的頭……」

霈林海僵硬。

霈林海用恐怖的聲音大聲慘叫。

「哦，好有活力哦。」穿著吊帶背心、超短裙的彪形大漢單手搭涼棚，看著滿圖書館的熱鬧情景欣喜的說道。

「……你不讓我走，就是為了讓我看這種場景？」應該早已經走了的天瑾站在他身邊，表情很難看的說道。

「咦？妳不喜歡嗎？我可是期待這一天期待了好久好久哦～～」大漢扭動著熊腰羞澀的說道。

天瑾的臉色變得比平時更青了，「既然這麼難得，你還是自己欣賞吧，我走了。」

「哎哎！我的天瑾小冰糖！不要走啊～～」

天瑾的身影毅然決然的消失在樓梯間。她已經決定了，至少這個學期，她死也不會再來這裡。

「討厭啦，真是不會欣賞。」大漢自以為優雅的托著滿是絡腮鬍的腮幫子看著那大亂的情景，嘆息了一聲，「為什麼天才總是這麼寂寞呢～」

※◆◇◆◇◆◇◆※

如此規模的群魔亂舞的確是很少見的情景，如果不是自己造成的話，樓厲凡一定會拍照下來當作資料好好儲存。

「怎麼辦……要丟下這堆爛攤子逃走嗎？」霈林海的嗓子因為無頭騎士的關係已經變得嘶啞，說話的聲音要多難聽就有多難聽。

「問題是我們出不去。」樓厲凡臉色鐵青的說道。

這些魂靈大部分都沒有實體，只是一個個虛幻的影子在飛來飛去，時不時穿過大家的身體。如果是普通人恐怕不會有太大的感覺，可是在這所學校的學生全部都是靈感達到一定程度的，被這麼多魂靈在身體裡穿來穿去的感覺實在很噁心，有些學生已經準備要逃走了。

然而很可惜，今天似乎沒有一個人能出去。樓厲凡冷眼旁觀許久，發現周圍所有面向門口的學生都和他們一樣，不管邁開多大的步伐都沒有用，一雙腿就像空轉的車輪，怎麼走就是無法到達目的地。

「怎麼回事怎麼回事怎麼回事！我們被封了嗎？！」

「救命啊！管理員——」

「我討厭這種地方啦～～」

「我要回家！」

「媽媽！」

看來崩潰的人不在少數。

「我們怎麼辦啊……」一個青面獠牙的白衣女子總在霈林海周圍飄來飄去，霈林海真想對天狂吼幾聲——他脆弱的神經已經無法再接受更大的打擊了。

樓厲凡彈開一個腸子都流在外面的屠夫，一轉身靠在書架上，臉拉得很長的說道：「有句很有名的話不知道你聽過沒有……」

「什麼？」

「生活就像是一場強姦，如果不能抵抗的話就閉上眼睛享受吧。」

霈林海臉都青了。

「既然反抗和不反抗的結果都一樣，那還不如好好欣賞一下這種奇景，出去以後可以向別人吹牛。」

「……」霈林海從來沒見過樓厲凡這種反應，連這種話都能說得出口，也就說明樓厲凡已經氣得想不出來該怎麼辦了。

不過他說得也對，如此奇景百年難見，反正走又走不了，還不如好好享受看看。

霈林海轉頭朝左右看看，當他避開那些肚破腸流的噁心鬼怪、發現聖籍典藏區時，忽然忘記了自己剛才的恐懼，興奮的高聲叫了起來：「啊！觀世音菩薩！我看見觀世音菩薩和聖母瑪利亞在聊天！厲凡！厲凡！真的是超級少見的情景啊！那個帝釋天和獅身人面好像是實體！我去請它們簽個名──」

樓厲凡：「……」

──雖然說適應得快是好事，但是你也未免太快了……

大概是被樓厲凡情緒的低氣壓影響的關係，樓厲凡和霈林海身邊大部分都是虛體的影子，實體的魂靈很少靠過來。而在圖書館的最裡面，卻有可憐的四個人被大量實體魂靈壓得喘不過氣來。

「呀呀呀──我說了我不算命啊！不要老追我不放！我詛咒你啊！」羅天舞死命推拒著趴在他身上要幫他算命的瞎老頭，那老頭帶的招魂幡已經快把他的魂招走了。

「去死吧！次元洞次元洞次元洞！哇！為什麼沒有效果！」滿世界放次元洞卻沒對半個

魂靈起作用，反而被追得抱頭鼠竄的蘇決銘，他還不知道這些書的魂靈和普通生物的靈魂是不一樣的。

「水淨化啊啊啊啊！為什麼一個也淨化不了！這到底是怎麼回事？！」就差抱著書架哭的樂遂，同樣不明白書的魂靈只能封印卻不能淨化。

與他們不同，公冶就冷靜多了。

「嗚嗚嗚我真沒用……嗚嗚嗚我不想活了……嗚嗚嗚這世道真艱難……」抱著一堆符咒縮在角落裡哭的公冶身邊圍繞了大批憂鬱的魂靈，正被它們引導著考慮該選擇哪條自殺的路比較好。

霈林海得到了一千神仙的簽名，抱著自己的筆記本興奮不已。

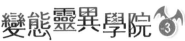

「呵呵……這個要是給我以前那些朋友看到的話，他們一定很羨慕！我媽是虔誠的佛教徒，她一定會喜歡釋迦牟尼的簽名……對了，我不認識梵文啊，得找個人翻譯……」

如果他不是自己的室友的話，樓厲凡真是一句話也不想多說，可惜並非如此，所以他還是忍不住開口提醒霈林海一句：「霈林海……我好像告訴過你了，它們只是書籍的魂靈，不是真的……」

「沒關係！只要是我親眼看著它們簽的就可以！」

「……」霈林海，有時候的確比較強韌。

奇幻區的龍神越過了自己區域的範圍，在言情區盤踞了下來，怒吼著把周圍礙事的人全部趕走。

那裡只有一群談戀愛的年輕男女，誰能抵擋它的力量？不過戀愛果然是最有力的，言情區的男女們一邊喊著口號，一邊用掃把之類的東西猛打龍神的腦袋和屁股，大有不把它趕走誓不甘休的氣勢。

可惜，如果它們不喊那個口號就沒事了。

「奇幻的！滾出去！奇幻的！滾出去……」

這不是找碴嗎？

龍神不愧是龍神，尾巴一掃，身軀衝天而起，龍口大張，吼道──

「哇～～～我被言情區的打了！奇幻區的兄弟們！救命啊！」

奇幻區一呼百應，這位魔王、那位魔神，還有勇士、劍士、魔法師之類統統揭竿而起，逮住身邊非奇幻區的人就是一頓揍，可惜言情區離得稍微遠了點，言情區的人沒被打到多少，最近的歷史區──孔子、秦始皇、李世民之類的卻當了代罪羔羊。

「如此下去，國將不國──來人呀！救命啊！打劫啊！」一個老頭兒被打得鼻青臉腫的大聲呼救。

「天馬流星錘──」揮舞著三節棍不知是何年代的青少年帶著兄弟五人大肆打砸搶。

「朕乃始皇帝！爾等居然敢以下犯上！朕車裂了你！」穿著帝袍的某皇帝捂著自己被打出血的腦袋怒吼。

「魔王的權威是不容懷疑的！」原本老老實實聽魔王演講的魔王大軍開始了清剿行動，

往民間傳說區前進。

「護駕！護駕！」

「光明王萬歲！」

「天誅地滅！」

「為了江山美人！」

「是錯覺？我總覺得這會兒比剛才更亂了。」樓厲凡看著周圍的混亂，疑惑的說道。

「是嗎？」霈林海漫不經心的回道。他現在沒時間管那個，光是找那位神出鬼沒的孫悟空簽名就夠讓他忙的了，等會兒他還計畫找找魯智深和林沖……

不知為何，混戰從兩個區變成了三個區，然後以驚人的速度擴散開來，剛才只是各個魂靈的喃喃自語，現在已經變成了各個區之間的聯營大混戰，除了聖籍典藏區的神佛之外，所有的書籍魂靈都加入了戰爭之中。

魂靈們都去打架了，羅天舞等四人終於擺脫了最痛苦的折磨，然而這還不是最後，魔王及其部下的鐵蹄一刻不停的在他們腦袋頂上踩過來踩過去——雖然它們是虛幻體，但依然讓人很不舒服。

羅天舞他們也和樓、霈二人一樣，只能走往圖書館的內部而不能往外部走，四個人只能一起擠在書架角落裡，乞求老天快快開眼把這群瘟神弄走，讓他們安全回宿舍去去晦氣。

而樓厲凡和霈林海這邊……

「夠了！霈林海！你還要找誰簽名！」

「諸葛亮……」

「你怎麼不去找曹操！」

「如果可以的話，他和周瑜我都想……」

「你看看現在它們亂成這個樣子！哪個區和哪個區之間根本分不清楚！難道要我陪你一個一個找嗎？」

「其實，你看，葛朗臺在那裡數錢，我看見了……」

「霈林海我忍無可忍了——」

兩個人一邊吵架——其實只是一個人在吵，另外一個人在（無意間）挑起對方的火氣而已——一邊走過一排排書架，當羅天舞發現那兩個人是誰的時候，他驚喜萬分的拚命揮動起雙手呼喊道：「樓厲凡！霈林海！我們在這裡！HELP！SOS！救命！」

樓厲凡轉過頭，目光穿過一群書籍魂靈或實體或虛幻的影子，看見了縮在角落裡的那四個人。

「……你們窩在那裡幹什麼？」

「我們對天發誓，今天是來看書的！」蘇決銘哭喪著臉說，「但是不知道為什麼進來之後就一直出不去……」

羅天舞道：「如果只是這樣還好，看看公治這模樣……」

樂遂晃晃身邊的公治，公治眼神呆滯的看著前方，嘴裡念叨著：「一隻羊等於兩隻羊，兩隻羊等於四隻羊……」

「……」樓厲凡沉默不語。身為靈異師卻居然被書籍魂靈這麼低階的靈催眠，他還是第一次見到……

「其實你們可以找找其他的樂趣嘛。」走近四人後，霈林海向他們攤開自己的筆記本，笑得非常的得意，「看看！我剛才拿到了誰的簽名？大鬧天宮的孫悟空！」

「……」樓厲凡已經不想說什麼了。

「……你的適應力還真是強……」臉色黑得滴水的另外三人低聲說。

其實不是霈林海適應力強，他的適應力恐怕比公冶還不如。不過他比較幸運，在公冶被那群怨靈故事的主角纏住的時候，他看見的卻是觀世音菩薩和聖母瑪利亞……人的信仰有時候是很重要的，霈林海用切身體驗證明了這一點。

「可是我們不能一直被關在這裡呀，我明天要交的推演報告還沒寫……你們難道就沒想過怎麼出去嗎？」羅天舞問出這句話的時候是如此的滿懷期待，畢竟面前的兩位都是和他們不同的優等生。

「還沒有想。」很乾脆的回答。

「……」那三個人加一個唸唸有詞的人身邊聚集的怨靈更多了。

「啊！曹操！」霈林海忽然指著一個帽子上寫著「三國演義」的人興奮的叫起來，「我一眼就認出是他！我們快去找他簽名！不知道能不能找到諸葛亮……」

「霈林海！」樓厲凡咬牙切齒的吼道。

霈林海站住。

「你要是敢去的話就永遠別回來！我會把你封在《三國演義》裡讓你和諸葛亮把酒言歡一輩子！我說到做到！」

寒風掃過，在不知哪裡來的片片落葉襯托下，霈林海的背影顯得如此孤單。

「只是簽名……」

「少囉嗦！」

「……對不起……」

多麼悲哀、多麼可憐的聲音。

樓厲凡稍微有點心軟，只是簽名而已，也的確是百年難遇的好機會……

一個男人足不沾地的飄過來，在霈林海面前抬起頭，「對不起，先生，請問你有看到我的眼珠子嗎？只有一隻眼睛沒辦法對焦距，身為鬼怪區的鬼不能不為本區和外區戰鬥……」

那男人的臉上一片血肉模糊，眼睛只剩一隻，鼻子只有一個三角形的洞，沒了唇片的嘴和那個空空的眼眶裡流著血膿，還有可疑的白色軟體生物在血膿中蠕動……

霈林海靜。

「哇——鬼啊——！」

有史以來都沒有哪個人類的胸腔能發出如此恐怖而淒厲的慘叫。

信仰是很重要的東西，不過不管有多麼堅持自己的信仰，信仰的程度也是有限的，即使能暫時壓制某些想逃避的東西，但該來的還是會來，沒人能逃得過去。

霈林海的筆記本飛上了房梁，身體周圍有強烈的氣流螺旋狀向四周鋪開擴散，連樓厲凡和他身後的四人都感覺到了迎面而來的強力風壓，更遑論周圍那些虛幻或非虛幻的書籍魂靈，稍微弱一點的轉瞬間便被風絞碎，變成連解鬼都不如的微細魂靈破片。

「有鬼啊——！」

風勢變本加厲的往周圍蔓延，所有的書籍都在書架上不斷抖動，看起來馬上就要跟著霈林海的風勢一起飛走了。

「樓厲凡你為什麼不管管他啊啊啊啊啊！再這麼下去我們也要被吹走了！」角落裡的幾人互相拉扯著防止自己被吹走，同時對樓厲凡吼道。

樓厲凡漠然的站在那裡，就好像霈林海這麼抓狂和他無關一樣。

「樓厲凡！」

「聽見了。」樓厲凡淡淡回答，「不過你們認為我能管得住他嗎？憑我將近 90hix 的靈力和 300hix 以上的人對抗？」

三人無言。他說的理由讓他們沒辦法反駁，但總覺得好像哪裡怪怪的……

「樓厲凡！」

又一個人抓狂了，不過這回是那個圖書館管理員拜特，他仍然穿著超短裙，叉開著一雙毛茸茸的大腿，站在兩排書架中間的通道上，迎著圖書館內部的颶風，一手指著樓厲凡大叫：「你快點讓霈林海停止啊！我的書籍魂靈啊！我花了三百年時間才培育出來的書籍魂靈……啊！」被飛來的幾本書打到，「痛死我……你快點讓他停止！否則我要你們留在這裡當書籍魂靈的陪葬！」

「這關我什麼事？」樓厲凡冷冷甩他一眼，「有本事自己去阻止他。」

「快住手啊──」一陣更大的風捲過，彪形大漢被吹退十幾公尺遠，又連滾兩個跟頭。一直觀望的樓厲凡忽然順著霈林海製造的風勢飄飛起來，追上那變態被吹走的身影，一把撈住了他的背心帶子，逼他面對自己。

「你給我老實交代，我們今天所有的人都只能進來不能出去，是怎麼回事？」

「我的書籍魂靈啊……」彪形大漢淚眼汪汪。

「你再給我裝傻下去試試！」

樓厲凡一拳捶上他的小腹，彪形大漢大聲哀號起來。

「好痛啊……咳咳……我我……咳咳……」

「書庫管理的那張嘴說什麼『這麼不穩定的日子』，什麼意思？是在說這間圖書館的什麼禁忌？你居然敢知情不報，瀆職罪可是很重的。」

秦始皇陛下和其他實體魂靈一起被吹得滿天飛舞，一不小心向樓厲凡他們砸過來，樓厲凡舉起彪形大漢當作擋箭牌，秦始皇撞上彪形大漢的背，嘴裡嗚哩哇啦的喊著好痛又被吹向其他地方。

彪形大漢翹起蘭花指，「討厭啦，你離人家這麼近人家會不好意思～」

又是一拳下去，大漢捂著肚子打起滾來，「厲凡你好狠的心啊！」

樓厲凡一腳踩在他的胸口上，腳下暗中使勁，表情卻波瀾不驚，「『厲凡』不是你能叫的。給我回答問題！」

那變態被踩得慘叫連連，原本還想糊弄過去，但是樓厲凡腳下的暗勁越來越大，他沒幾下就投降了。

「啊啊啊啊啊啊！別再用力了！我說！我說還不行嗎……今天是四月一日！四月一日啊！記得嗎？正好是書籍魂靈的封印最不穩定的日子啊！而且還是個特別重要的節日！能不能把腳放輕一點？感謝感謝……哇呀！好疼啊！為了慶祝這個節日所以我才特地不告訴大家有這麼熱鬧的宴會嘛！難道你不喜歡嗎？多麼出人意料，多麼美好的慶祝方式啊！哦呵呵呵呵……呀——你的鞋子下面是不是有釘子——」

樓厲凡又用腳輾轉幾下，讓那變態又慘叫了幾聲之後才放開他，接著平穩的走到霈林海的面前。

不過，很奇怪的是，霈林海的風對樓厲凡似乎並無作用，樓厲凡連一根髮絲也沒有被風吹起來。

「行了，霈林海，收起你的超能力。」

霈林海的風驟然停止。被風捲上天空的實體魂靈和個別能力太低的同學，以及距離他最近的書架上的書劈里啪啦掉了滿地，在竹篾的地板上彈了幾彈才落下，雖然慘叫聲很大，但是居然沒有人受傷——被風撕裂的虛體魂靈不算。

「咦？剛才發生了什麼……」

「沒什麼，你又發狂了而已。」

霈林海臉色煞白。

「我又又又幹了什什什……」

「我說了沒什麼。」樓厲凡一招手，霈林海那本飛上房梁的筆記本出現在手中，他遞還給霈林海，「給你，你的寶貝。」

霈林海哆哆嗦嗦的接過來，翻了翻，表情立時又轉為可惜，「……沒有找到諸葛亮。」

「下次吧，說不定明年還有機會。」

「明年？」

「嗯，明年的四月一日……對了，四月一日是什麼節日？剛才那變態說什麼很重要的節日，我怎麼也想不起來。」

「啊？啊……哈哈哈……」霈林海乾笑，「四月一日啊……」

「四月一日，西方的愚人節嘛！」和樂遂一起拖著依然唸唸有詞的公冶出來的蘇決銘插話道。

「……」怪不得那變態要過節……

「四月一日怎麼了嗎？你剛才對管理員做了什麼啊？你和霈林海是不是之前就已經計畫好了？害我們還那麼擔心，以為霈林海暴走了吶！也是，他可是靈力未測的高人，就算加上我們所有人也不是對手，幸虧他不是暴走……」

「羅天舞，你給我閉嘴。」

「對不起……」

一直被禁錮在圖書館中的學生們見到他們六人在毫無阻礙之下離開，立刻也一個一個跟在後面連滾帶爬的逃走。

「再也不去那個該死的圖書館了！」這是許多人回去以後反覆念叨的一句話。

與此同時——

「嗯……我的預感告訴我，我躲過了危險……但是也錯過了好戲……真是為難啊。」

by：稍微有些遺憾的天瑾。

第2章 令人恐懼的轉學生

「……轉移？」

教學研究室窗外的海荊樹綻開著大團大團淡藍色的花簇，一刻不停散發出濃郁的香氣，就算待在緊緊關閉了窗戶的室內也會被那香味嗆得直想打噴嚏。

背對窗戶坐著的海深藍好像聞不到那種香味，正用細長的食指和中指交替輕敲桌面，表情看起來很冷靜，但太陽穴處的青筋卻出賣了她。

「是誰答應的，讓『他』轉移？」她的聲音溫柔卻透著僵硬，看來她正在努力抑制滿腔怒氣。

她辦公桌的對面坐著一身便服的懶散的雪風，他一隻腳已經搭到了辦公桌上面，還在不停的晃動。

「還能是誰？我……」

「果然是你！」海深藍猛捶一下桌面，怒吼：「你知不知道『他』有多麻煩！『他』回來是為了幹什麼的你知不知道！你自己為了當大法官把副校長的位置一丟就跑了，把什麼事情都甩給我們，現在又找這種事來！嫌我在這裡活得太久了是不是！」

「我話還沒說完……」雪風笑得懶懶的，他的身體隨著腳尖的微晃而在轉椅上左右轉動著，「我為了把學校裡惹禍的那幾位學生以及貝倫與愛爾蘭帶出來可費了不少勁。輕型監獄那裡還好辦，可是重型監獄的量刑不歸我管，光是愛爾蘭的破壞就夠她在那裡待個三、五年的，還有貝倫監護不周，讓未成年妖怪……」

「說重點！」海深藍再次猛捶桌子，桌上的木紋卡的一聲裂了一道縫。

雪風抽回腳，做了一個投降的姿勢，「好吧，總之就是我為了讓他們出來，去重型大法官那裡請求特赦釋放令，他倒是很爽快的給了，但唯一的條件就是讓『他』回來。」

「『他』是他什麼人！八舅的丈人的兄弟還是啥遠房親戚！居然為『他』這麼效命！」

「不是為『他』效命，而是……」

「而是？」

「而是連特級監獄都不想收『他』，所以才……」

「什麼！連特級監獄都不收的你就這麼大方給我收回來！」海深藍尖叫得連聲音都變調了，「我們這裡可不是監獄，就算是為了救妖學院的理事長也不能這麼做！關一個就夠了！你現在馬上把『他』退回去！那位大法官提出什麼要求都可以！只有這個不行！不行！」

「可是『他』已經來報到了。」雪風輕描淡寫的說道。

海深藍的臉逐漸變成青色，她支吾的問道：「你說……『他』……？」

「已經來報到了。」

淒厲的尖叫聲打碎了代理副校長的窗戶，玻璃渣在陽光下閃亮飛舞，濃郁的花香衝入了室內，香得讓人喘不過氣來。

※◆◇◆◇◆◇◆※

副校長室的門被輕輕打開，一個大約三十歲模樣，身穿運動服的男子斜揹著和他衣服同色系的背包走了進來。

這個人的身材很高大，從挽起的衣袖外露出的手臂來看，肌肉也非常發達；大概是常常在戶外運動的關係，他的臉顯得異常黝黑；明明應該是個很粗野的人，但是架在他鼻梁上的粗框眼鏡卻讓他顯得很老實而且文質彬彬。他的雙手交叉著放在小腹附近，好像無法伸展似的，看起來有些怪異。

帕烏麗娜雙手環抱著胸靠坐在辦公桌前看著他，雖然在微笑著，但是表情中看不出半點溫度。

「你還真是有手段。」當他站在她面前時，她笑著說：「居然逼得重型監獄大法官都無能為力，就算用手段也要把你送回我們這裡來。」

男子移開視線，舉起自己的雙手，「我已經到這裡了，可以幫我打開手銬了吧。」

他的手腕空空如也，但是在他將兩手稍微分開時，手腕的皮膚上卻顯現出了鮮紅色的奇怪紋理，像鏈鎖一樣捆綁著他雙手的自由。

押送犯人有很多種形式，比如有人隨行和無人監控之類。

他這種便是無人監控，但是手腕上卻被刻上了級別最高的「一級言字契約」，假如他不能在規定時間內到達他應當去的地方，那麼言字契約就會變成言字詛咒，那種奇怪的紋理將蔓延至他全身，直至將他絞殺。

帕烏麗娜看著他一會兒，似乎在考慮是為他解開，還是讓他的契約過期而被絞殺，但最終她沒有堅持下去。

「……我是帕烏麗娜，囚犯號 CZ3357928 已經到達拜特學院，言字契約解除。」

咯的一聲，紅色紋理斷開，轉瞬間被藍色紋理取代，而很快藍紋也隱去，看不見了。這是比一級言字契約低一級的二級言字契約，在關押重度罪犯時使用，雖然犯人能夠隨意行動，可是一旦他超過契約約束的範圍，二級契約便會轉回一級契約，同樣可將之絞殺。

「你的契約範圍就在這學院裡。」帕烏麗娜轉過身，在背對他時眼神變得陰冷，「但是不准你打我學生的主意，若有違反，我絕對會發動你的一級契約，直到把你弄死為止。」

那男子淡淡苦笑，「這可不是我的身體，小P……」

「不准『你』叫我小P！」帕烏麗娜猛然轉身，右手小指的指甲驟然變得很長，尖利而精準的指向他的咽喉，她惡狠狠的說道：「更不准再接近我！我是這裡的副校長帕烏麗娜！你記住——」

門在一聲巨響後被撞開，某個全身都蒙著黑布的變態勇猛的衝了進來，「呀呼！好久不見了花鬼！」

他猛撲到了男子的背上，把男子撞得往前一個趔趄，帕烏麗娜的指甲噗的一聲就刺穿了男子的喉嚨，然後指甲從頸子後面穿出來，又恰恰穿過那個變態的脖子。

安靜。

安靜。

安靜。

「呀——麗娜妳想殺了我嗎！好疼疼疼疼疼呀呀呀呀呀呀——」變態抱著脖子在地上

打滾。

——活該。

另外兩人在心裡異口同聲。

兩分鐘後，兩個脖子上還帶著鮮血的人被推出副校長室，房門在他們身後用力關上。

「都是你的錯，花鬼。」那個黑布變態——拜特用嬌憨得讓人起雞皮疙瘩的聲音說道。

男子看也不看他一眼，徑直離開。

拜特愣了一下，舉步跟在他身後絮絮叨叨：「花鬼你怎麼能不理我！這麼多年我都想死你了花鬼！難道你不想我嗎？花鬼！難道你還記恨我判你刑的時候？不要這麼小氣嘛花鬼。花鬼？花鬼。花鬼！花鬼——」

「不要再叫我花鬼！」男子猛回身，一個抬手砍向拜特的頸項。

若是平常人，那絕對是躲不開的，如此之近的距離，如此之快的速度。但是拜特只是輕微的向後一仰便躲開了他的攻擊，只有黑布的袍子被他那一砍的風勢割裂了一道縫隙。拜特慌忙用戴了黑色手套的手擋住。

「呀～～討厭啦，花鬼你怎麼能脫人家衣服，人家會不好意思～喔呵呵呵呵呵……」

「拜特．H．SX！」那個男人指著拜特，厲聲喝道：「這是我最後一次警告你，不准你再叫我花鬼！我的名字是雲中樹，如果你敢再叫錯我就殺了你！」

拜特靜了下來，不再做那種忸怩討厭的動作。

「雲中榭？雲中榭？呵呵……呵呵呵呵……」

拜特發出了和校醫一模一樣的笑聲，他被黑布包裹著的身材突然之間長高了許多，黑布好像被什麼東西扯住一樣啪的一聲碎開，露出下面穿著黑色外衣的校醫的臉。

「雲中榭，只不過是偷來的名字，幹嘛這麼珍惜？」他用手扯掉黑布的碎片，不懷好意的說道：「花鬼就是花鬼，不管用了誰的身體、變成誰的樣子，你始終都是花鬼……」

「閉嘴……」

「低階無能的花鬼。」

「閉上你的嘴！」雲中榭的臉驟然變得猙獰，雙手的手腕青筋爆出，十指向他的頭蓋骨抓去。

校醫輕鬆飄起，足不沾地的向後飛去，雲中榭每一次的攻擊都只能堪堪沾到他的衣角，完全不能對他產生威脅。

「哦。」校醫笑，「說到你的痛處了？惱羞成怒了？」

「你懂什麼！」

雲中榭一腳上踢，已經被逼退至角落的校醫一撐他的腳踝，輕盈的一個前手翻翻過他的頭頂，落在他身後。

雲中榭又一腳踢向後方，校醫身體微斜，將他那條踢來的腿扣在腋下，一轉身咚的一聲用背部將他推砸到牆上，牆壁被砸出一個一人高的凹洞，不停的剝落牆皮。

雲中榭一口氣被壓在肺部，劇烈的咳嗽起來。

校醫放開他，居高臨下的看著他萎靡的滑坐在地上。

「你可真是英雄，除了『我們』之外，以前還從來沒有人能把這所學校攪得一場糊塗。你那時候是第一個，我很佩服。」

「如果不是你們抓住了他……」

校醫冷冷一笑，「又不是我要抓他，這是你們自己犯的錯，別都推到我頭上來。」

雲中榭終於停住了咳嗽，用沙啞的聲音說道：「不……都是我的錯，我一個人的錯。這不關他的事，是我太貪心才造成這種結果，所以我才要贖罪……」

校醫一腳踩在了他的肚子上，笑得很殘忍，「你的錯就是他的錯，他的錯就是你的錯，不管誰贖罪都一樣，別想為誰開脫罪名。其實啊……」他好像還想說什麼，忽然閉了嘴。開在辦公樓前的海荊花從走廊的窗口伸進了一根花枝，在他眼前搖搖晃晃。

雲中榭卻似乎沒有看見那根穿入窗戶的花枝，只是雙手抓住校醫踩住自己的腳，看向他的眼睛裡充滿了憤怒。

「好眼睛，好眼神。」然而校醫好像根本沒感覺一般邊說邊放開他，似乎要轉身離開的樣子，忽然一個回轉，腳跟狠狠踢上他的頭部，將他踢得伏倒在地。

「拜……特……！」好像要殺人的聲音，斷斷續續的從雲中榭口中吐出。

「他死了。」校醫輕鬆的說道。

雲中榭的身體劇烈震顫，眼睛睜到不能再大的看著校醫，「你說……什麼……？」

「他死了。去年我忘記澆水，他乾死了。」

「不可能！」雲中樹艱難的爬起來吼道：「我的根很深！他不會死的！這所學校裡所有的樹木都長得很好，不可能只有他死了！」

「哦？」校醫笑得高興極了，「那他為什麼不在他原來的地方呢？你一進來就應該感覺到了吧？沒有他的靈力波動，哪裡都沒有了。你以為是言字契約的效力嗎？不對，你現在也一樣沒有感覺對吧？因為他死了，你再也不可能得到他的原諒了，你完了！哈……哈哈……哈哈哈哈哈哈哈哈！啊哈哈哈哈哈……！」

雲中樹再也聽不見他可惡的聲音，只是伏在地上，一徑的念叨著：「他死了，他死了，他死了，他死了……」

不知道什麼時候站在走廊另一頭的雪風和海深藍用極不贊同的眼神看著校醫，校醫的目光在他們身上快速的移動過去，落在走廊窗外各種各樣的樹木上。

※◆◇◆◇◆◇◆※

當雲中樹在小女孩模樣的管理員拜特帶領下穿過長長的走廊停在314號房門口的時候，333號房裡的樓厲凡忽然感覺到自己的心臟發生了一陣近乎恐懼的收縮悸動。

他抬頭看向對面躺在自己床上看書的霈林海，發現他也在同時看向自己，表情中帶有一絲驚恐。

「……討厭的感覺。」他們兩個同時向對方說。

樓厲凡關掉自己的筆記型電腦，霈林海放下書，兩人一起走向門口，打開了門。

住在對面313號房的是天瑾，她比他們更早就站在自己的房門外面，看著隔壁——334的對面，314號房。

他們兩個出來她是知道的，但是卻連看都沒有看他們一眼，她的眼睛死死的盯著被管理員帶來的那個男人，好像和他有什麼深仇大恨一樣。

雖然樓厲凡沒有預感能力，但是他的靈感力在一定程度上也能代替某些預感，因此在一照面的瞬間他就明白了。讓他和霈林海同時出現這種討厭感覺的——就是那個穿著運動服的男人！

小女孩不知道從哪裡拿出一大串鑰匙，似乎是要幫那男人開門，天瑾卻突然開口。

「拜特，我不同意這個人住在我的隔壁。」她說。

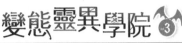

小女孩微笑說道：「可是全校現在只有這間房間是空房，妳要他住在哪裡呢？」

「我不管他住在哪裡。」天瑾用冷冰冰的聲音說，「即使要他住在學校門口或者校長室都行，不要讓他住在我的隔壁。」

小女孩歪著頭好像在思考，「嗯~~可是這樣我很為難……」

「我、不、要、他、住、在、我、的、隔、壁！」天瑾說，「我是認真的！」

「我也是認真的。」小女孩純真的笑了，說話的口氣卻不容置疑，「他要住在妳的隔壁，是『我們』全體的決定，不可能更改。妳死心吧。」

她手中大把的鑰匙中有一支悠悠然飛起來，自動進入鑰匙孔內，一旋，門開了。雲中榭頭也不抬的進了他的房間，小女孩收回鑰匙，對天瑾露出了一個奇怪的笑容。

拜特管理員消失在樓梯下，天瑾的臉上浮現出極度憤怒的表情。樓厲凡和霈林海正為她與管理員之間奇怪的對話而茫然時，她卻忽然反手鎖上了自己的門，走到他們兩人的面前。

「從今天開始，我要住在你們的房間！」

「啥？！」

女人是不能住在男人的房間裡，這是當然的事情。樓厲凡從來沒有想過自己會破壞這一點常識。可是在面對那天的天瑾時，他卻連半句阻止的話也說不出口。

因為，「那個天瑾」居然在求他！

如果以那天被她那一句話就打成石頭的霈林海來看，「那個天瑾」和平時根本沒有什麼區別——分明是一樣倨傲，一樣冷漠，一樣恐怖。

可是樓厲凡可以用自己三個姐姐以及霈林海的腦袋發誓，她是真的真的在求他，因為他從她的眼神中看到了從沒見過的乞求意味。

儘管那種意味只是一閃而過。

這絕對和住她隔壁的那個男人有關係，他可以再次拿他們幾個的腦袋發誓，絕對如此。

所以他讓開路，讓她進入了他們的房間。

可是那種女人果然是不能縱容的。樓厲凡好心讓她住進來只是出於道義上的考慮，認為最多讓她在地上鋪張床就很夠意思了，可是那個陰沉的女人不肯，堅持要睡在他的床上。樓厲凡只能被迫和霈林海擠在同一張床上，讓塊頭都不算很小的兩個男人在初夏的天氣裡搞得每天都是一身臭汗。

那個據說是轉學生的男人到學校已有二十天左右，他每天都躲在自己的房間裡，從沒出來過。

即使如此，樓厲凡和霈林海對他的討厭感覺仍然沒有半絲消退。如果可以的話，他們希望離他越遠越好。

他們曾經問過天瑾，希望她以她遙感師和預言師的身分告訴他們一些事情。但是無論他們怎樣問，天瑾都堅決不開口，問得急了，她就給他們兩個字——「麻煩」。

到底是那個人會給他們帶來麻煩？還是一旦說出她知道的什麼就會讓事情變得麻煩？

他們不知道。

他們只知道天瑾的恐懼始終沒有消失。因為她一直賴在他們房間裡不走，有時連出門都要走在他們兩個中間，並且隨時觀察周圍的情形，就好像有什麼東西在暗處窺伺著她一樣。

天瑾的小心謹慎一直在持續著，被她連帶影響的樓厲凡和霈林海兩人也感到更加的心力交瘁。可是這還沒完，到「那一天」之前為止，他們的辛苦都不會有所緩解，只會越來越嚴重而已。

※◆◇◆◇◆◇◆※

轉學生來到學校的第二十一天，終於走出了自己的房間，並向自己看到的第一個人打了聲招呼：「妳好。」

當時天瑾正站在自己房間的門前打算進去拿教科書，而那個人看到的第一個人正是她。

他們兩人沉默的對視了五秒，天瑾帶著她特有的無情的表情尖叫了一聲，丟下鑰匙衝回樓厲凡他們的寢室，轉身把門扣上，並加了三道鎖以及六道封印。

被二十天的同居生活修理得疲憊不堪的霈林海在那天早上開始發燒，樓厲凡正坐在床邊唸冰敷咒讓他覺得舒服些，而天瑾就在此時衝了進來。被她的尖叫嚇住的樓厲凡險些一岔口唸成洪水咒，幸虧及時停止，否則這宿舍裡就能游泳了。

「妳怎麼回事？！」他還從沒見過她這麼驚惶失措的樣子。

天瑾靠在門上，原本就不太正常的膚色隱隱透出了青灰。

「天瑾？到底怎麼了？」

天瑾抓住自己心臟部位的衣服，很久以後才憋出幾個字，「打招呼……」

「啥？」

她壓低聲音，滿含恐懼的說道：「他向我打招呼……他向我打招呼……」

「向妳打招呼？誰？」只打個招呼就能把「那個天瑾」嚇成這樣，必定不是普通人物。

「那個轉學生……那個轉學生那個轉學生那個轉學生！」重複了幾遍之後天瑾似乎有點錯亂了，她拚命的抓自己的頭髮，並且在房間裡不停轉圈，「我完了！我死定了！我一定會被殺死的！我為什麼要死！我不要死！我不想死我不想死——」

她轉得讓本來頭就很暈的另外兩人此刻更暈了，樓厲凡走到她身邊抓住她，啪的給了她一巴掌。

「到底發生什麼事了！冷靜一點！」他向她叫道。

天瑾捂著自己的面頰，驚愕的看了他一會兒，被她看的樓厲凡是沒什麼感覺，但在旁邊的霈林海卻感覺到了一陣恐慌。

「你打我一巴掌……」她點點頭，聲音中滿含怨毒的說道：「我會記住的！」

雖然和自己沒關係，但霈林海還是往角落裡縮了縮。

「啊，看來正常了。」樓厲凡答道。他這一巴掌又不重，幹嘛用那種仇恨的眼神看他？

「……」原來她這個樣子才叫正常嗎？

霈林海真想從這個房間裡消失算了。

有時候預感過於強烈就會出現反制的情況，就是有一部分太過強烈的預感將其他稍微弱一些的預感「吃掉」——或者說掩蓋——的事情，這樣本來應該是一串連續故事的預感就變成了支離破碎的東西，連預言師本人也無法釐清前因後果。

這一次天瑾出現的就是這種問題。她知道自己預感到了很多東西，可是那些都由於太過混亂而無法組織判斷。她只記得預感的片段中不斷閃過那個轉學生的臉，他將她打倒，將手按在她頭頂上的動作，以及身上不停往外洩漏力量的可怕感覺。

雖然對這個女人的人品有百分之八十的懷疑，但是對於她預言師的資格，樓厲凡卻是百分之九十九的深信不疑。

那個男人是麻煩，真的，絕對是大大的麻煩。

轉學生來到學校的第三十二天，他仍然沒有到教室去上過課，只是常常像幽靈一樣外出又回來，手上也從來不拿東西，不知道他究竟是做什麼去了。

樓厲凡對別人的事情一般都漠不關心，更何況這個轉學生和他沒有半點關係，按理說他連看都不會多看一眼。可是自從那轉學生出現時開始，他心底裡那種討厭的感覺就始終沒有消失過，讓他忍不住有點想知道那個「人」——應該是「人」吧——到底是什麼東西。

※◆◇◆◇◆◇◆※

「好香啊……香得要死人了。」上課的時候，有學生感嘆。

春眠後遺症還沒過的樓厲凡勉強睜開一隻眼睛，卻在什麼都沒看見之前就又閉上了。

——香啊……的確是很香。

這種濃得嗆人的香味是海荊樹的花發出來的。

一般海荊的開花期應該是每年的七月，可不知道為什麼，今年四月的時候就有一棵開了滿花的樹，把還沒有掉光的葉子統統擠掉了下來，像秋天一樣鋪了滿地。

似乎受到它的影響，校園中其他的海荊在五月時也開滿了花，不正常的花期帶來了不正常的香氣，現在學校似乎都被這香味包圍了，有時不小心猛地吸上一口，幾乎都有被香氣嗆死的感覺。

這可不是自然的現象，八成和鬼怪有什麼關係。但是至今為止還沒有人被香味嗆死，所以向學校抗議這味道，學校自然不理不睬。樓厲凡的原則是只要不是鬼怪直接攻擊那就隨他去，只要替自己的鼻子加個封印就是了，何必還尋根溯源這麼麻煩。

可是那香味現在越來越濃，樓厲凡已經替自己的鼻子加了三道封印，卻還是隱隱能嗅到淡淡香氣，可以想像在他旁邊那個還學不會徒手封印的霈林海嗅覺已經被蹂躪成什麼樣子。

推算課下課後，剛剛被任課老師看中成為本科課代表的天瑾，收取了大家的報告準備送給任課老師。在出門的時候她停了一下，眼神瞟向樓厲凡和霈林海。

和她正正碰個對眼的樓厲凡想裝沒看見都不行了，只得懶懶的拿起書，拖起同樣不情願的霈林海跟在她後面走出教室。

「我說啊，妳也該適可而止了吧？」慢慢走下樓梯，樓厲凡不爽的說道，「難道妳在學校裡的這幾年當中，想讓我們一直當妳的保鏢嗎？再這麼下去我可是要收錢的。」

天瑾的腳步停了下來。

樓厲凡也停下，「怎麼了？」

她舉起右手，用纖長的手指和長長的指甲指向他們所站的那層走廊的窗戶，「那裡。」

從那扇窗戶看出去，可以看到正對著教學樓的教職員辦公樓，除了校長室之外的所有辦公場所都在那裡。

樓厲凡極目遠眺也沒看出那裡有什麼不對勁，不禁疑惑的問：「妳到底看到了什麼？」

沉默半晌的天瑾終於開口說道：「我看到一個人站在樹下。」

樓厲凡再仔細看去……還是什麼都沒看到。

「妳說的人在哪裡？」

天瑾的手指晃動了幾下，聲音變得比平時更加陰沉可怕，「你們這兩個蠢材……」

樓厲凡額頭上爆出青筋，霈林海從後面拚命拉住他不讓他動手。

天瑾好像沒有感覺到一旁樓厲凡的怒意，只是指著辦公樓再次說道：「看見了嗎？那裡的海荊樹。」

辦公樓前面的確種了海荊樹，據說原本總共有十棵左右，不知道什麼時候起就只剩下了一棵。而現在那一棵樹冠鋪開的面積已經幾乎將辦公樓整個遮掩住了，就像在張揚什麼似的不斷開花、不斷瘋長。

「它就是這次第一棵開花的海荊。」天瑾收回手，說道：「雖然現在香味濃得已經幾乎沒有辦法分辨，但根據我的判斷，其他的海荊其實並沒有發出任何香氣，真正發出這種刺鼻香味的應該只有那一棵。」

樓厲凡深吸一口氣，鼻子是不太聞得到，但是口中卻好像吃到了花瓣一樣有種香甜的味道，他忍不住呸呸幾聲，心裡抱怨著這該死的花。

「怎麼樣都沒關係，妳到底想說什麼？」

「它在叫人過去……」

「啊？」是樹精？

「不是樹精……」天瑾轉向他們，臉色陰慘慘的，像是剛從地獄裡逃出來一樣，「不過也不像是……總之它在叫人過去。我不知道它在叫誰，只知道它真的在叫人過去。」

霈林海覺得他們現在正在拍鬼片，天瑾那張臉根本不需要燈光就可以營造出最恐怖的效果，他已經快閉過氣去了。

樓厲凡皺眉問道：「妳既然知道，為什麼不幫幫它？」

「我為什麼要幫它？」

「……」對了，她可不是什麼善男信女，他弄錯人了，「既然這樣，妳就不要過去吧。霈林海，走了。」

他剛走幾步，就聽天瑾一聲厲吼：「給我站住！」

「妳還想幹什麼！」樓厲凡真的要怒了。即使是她，他也要怒了！

天瑾將手中的報告遞上，「所以，請幫我交給老師。」

「……」

說了那麼一大堆廢話，原來就是這個意思……

儘管對那個女人把一切都甩給他們的行為有著諸多不滿，但樓厲凡還是接下那堆報告，讓她先回宿舍，而他和霈林海兩個人把東西送到教職員辦公室那裡去。

那棵海荊樹長在距離辦公樓入口不到五公尺的地方，普通的海荊樹一般只能長到一、兩人合抱的粗細，高度也最多不過十七、八公尺，可這棵卻有七、八個人合抱的粗細，最低的樹枝也在二十公尺以上。

從上往下看時，只見蔓延得如樹林一般的樹冠而根本看不見樹幹。像這麼高大的海荊，樓厲凡他們還是頭一次見到。

剛剛走到樹冠的陰影下，樓厲凡和霈林海兩人就感受到了一股不倫不類的怪異靈氣。說它不倫不類，是因為他們竟然無法分辨它的屬性。人的靈氣有人的屬性，樹精的靈氣有樹的屬性，妖怪的靈氣有妖的屬性，鬼也同樣有鬼的屬性……各有各的不同，稍微熟悉靈氣種類的人就能輕鬆分辨。

但是這一次，他們感受到的這種靈氣似乎沒有特定的屬性，它在各種屬性的邊緣徘徊，難以區分本質。

幾乎同時，他和霈林海看向了同一個方向——那棵海荊。

「奇怪……」霈林海喃喃自語，「這棵樹有這麼大嗎？以前為什麼沒發現？」

樓厲凡沒有聽到他說話，因為他發現那棵樹好像有哪裡不同。乍看之下那棵樹除了稍微巨大一點之外，和平常的樹比起來似乎並沒有什麼特別，但是他總覺得好像有什麼東西在上面蠕動一般。

為了進一步確認，他將部分靈感凝聚在右眼。

他捂住右眼，左眼看到的仍然是原本的樣子，而他交換捂住左眼時，右眼卻看到了一個令他難以置信的景象——

一個身穿法師法衣、面目模糊不清的男子正被十六條黑龍糾纏捆綁在樹上，全身上下只有頭髮沒有受到束縛，而他的頭髮就像蛇一樣發狂的向上孳生瘋長……樓厲凡左眼所看到的樹冠根本不是樹冠，而是由他頭髮生出來的東西！

這是樓厲凡第一次看見這種景象，但是他立刻就知道了這是怎麼回事。

——那個人……那個人難道是……

那個被黑龍捆綁的人發現了樓厲凡的視線，嘴角微微勾起了一道弧線。樓厲凡忍不住大叫一聲，連連後退，那人的笑容消失了，竟在束縛中扭動起來，飄移著，像橡皮筋一樣拉著那十六條捆綁他的黑龍向樓厲凡逼近。

——**聽我……說……**

——**請聽……我說……**

男子的嘴被咒術的線縫了起來，即使作為靈體也無法與樓厲凡交流才是。但樓厲凡可以發誓，自己真的聽到對方的聲音了！也許以後他會告訴自己這只是腦子裡的幻聽，但是他真的聽到了！

沒有靈感力的霈林海什麼也沒看見、什麼也沒聽見，他只知道樓厲凡似乎受到了什麼驚嚇，用從來沒有在他那張臉上出現過的可怖表情盯著那棵海荊。

「厲凡？出什麼事了？你看到了什麼？怎麼了？厲凡！看著我！」

「閉嘴！」

樓厲凡手上的報告本子不知何時全都落到地上，被他在上面踩來踩去留下了無數腳印，但他毫無所覺。他指著霈林海，全身顫抖，眼睛卻還是看著原本的地方，似乎連一動都不敢動，「靈力……聚集雙目，開鬼眼！」

靈力有時也可以代替靈感力使用，比如此時。

霈林海依言而行。儘管心裡有所準備，但靈力聚集後，眼前出現的景象還是把他嚇得一聲慘叫，倒退幾步後坐到了地上。

「二……二……二……二級靈體監禁！」

除了特別級和一級之外最高等級的靈體監禁，由於靈體犯罪而被與軀體強行分離並限制自由。他們只在《靈術監禁法》課本上看過這樣的懲罰方式，親眼見到還是第一次。

那人努力的在黑龍之中掙扎，斷斷續續的傳送出自己的聲音。

——**請……告訴……沒……拜託……**

——**一定……他……放棄……**

鑽入腦中的聲音斷斷續續，樓厲凡無法分辨他到底想說什麼，只能聽出他似乎在請求自己什麼事情。

「你在說什麼？請再說一遍？你在說什麼？」

這個靈體的能力果然厲害！如果是樓厲凡自己的話，被封閉在七級監禁中基本上就動彈不得了，而這個人在二級監禁中居然仍有活動能力，這絕對不是普通人能做到的。

那個人好像又笑了，這次是無奈的笑。

——**告訴……請……裡來……**

——**……不要……我……**

「什麼？什麼裡來？不要你什麼？你到底想找誰？」

「厲凡……」依然坐在地上久久不能起身的霈林海拉拉他的衣服，「為三級以上靈體監禁的罪犯傳遞訊息是犯法的……」

那個人看了霈林海一眼，雖然他的面目模糊不清，甚至看不清五官如何，但霈林海卻發現自己清晰的接收到了他的怒意，從脖子後面到尾椎都變得冰涼。

樓厲凡也冷冷的瞪了霈林海一眼，而當他轉回頭去想再問些什麼的時候，卻發現那人的臉上露出了非常痛苦的表情，黑龍開始激烈的扭動掙扎，他逐漸被束縛拉回了原來的地方。

——**託……拜……託……**

「拜託什麼啊！我聽不清楚！我聽不清楚！你到底在說什麼——」

黑龍扭曲得更厲害，樓厲凡幾乎可以聽到那靈體被越來越用力的捆綁時慘叫的吱吱聲。他已經無法再說話，剛才就是他所剩下最後的力量了。

樓厲凡左右看看，忽然抬起頭來，發現帕烏麗娜正站在她辦公室的窗戶附近用奇怪的表情看著他們。

霈林海的臉色瞬間青白。

第3章

天瑾被「強奪」！

也許是錯覺，但是樓厲凡和霈林海都覺得，自從那天見過那個二級監禁的犯人之後，學校裡的海荊花開得更加變本加厲了。

更慘的是，天瑾已經完全把他們的寢室當成了她自己的寢室，來去自如，比她自己的寢室還方便，因為還有兩個免費的傭人幫她打掃。住在他們隔壁的羅天舞等人常常向他們射來同情萬分的目光——不是豔羨，而是同情。因為任誰都看得出來只有那女人占他們便宜的分，根本沒有他們占她便宜的可能。

「日子不好過吧……嘖嘖……可憐。」公治在下課回宿舍的路上拍著霈林海的肩膀。可惜他那句話說得很不適時，正巧樓厲凡早上被天瑾搶白一通還火著，他立刻上前抓住公治往路邊樹叢裡一按就是一頓臭揍，直打得那小子叫著「媽呀我不敢了放了我吧我真的不敢了」才悻悻住手。

羅天舞等人拖著重傷的公治迅速逃走，樓厲凡有點意猶未盡的按了按自己的拳骨，又讓它多卡吧了幾聲。霈林海知道他心情不好，而且似乎不只因為天瑾有意無意的挑釁，還有其他的什麼原因。

他清了清嗓子，有些猶豫的問道：「厲凡，難道你還在在意那天看到的靈體？」

樓厲凡沉默一下，很久以後才開口：「……的確是很在意。」

「少見。」霈林海說，「你平時不是很討厭多管閒事嗎？為什麼這次卻想管二級監禁犯的事了？」

他肯仔細聽與他無關的「別人」講話就很奇怪了，更何況還是個二級監禁犯！即使只幫對方傳遞訊息也是犯法的。這真的有點奇怪。

「我也不太想管。」樓厲凡頹然說道，「不過不知道為什麼……因為監禁的作用，我根本看不清他的臉，但是總覺得好像在哪裡見過他。我在這幾天還特地把我認識的人都查了一遍，連一個受靈體監禁的都沒有……他到底是誰？」

被靈體監禁還能說話的人，樓厲凡從來沒見過。儘管只是些破碎的話語，但足可知曉此人能力之強。像這樣能力這麼強的人，即使不認識他也應該知道，但是為什麼查不出來？那個人到底是……？

「更何況他連要我帶話給誰都沒說，這讓我把話帶給誰？」

兩人對視……大眼瞪小眼，幾分鐘之後，他們的心情更不好了。

其他的學生已經走光，只剩下他們兩個還站在路中間，在討論未果的情況下，他們連宿舍也不想回——確切的說，如果可以的話，他們不想在這麼差的心情下去面對宿舍裡的陰沉女人，那會讓他們本來就已經很脆弱的胃穿孔的。

有一件事在霈林海的肚子裡藏了幾天，他一直很想告訴樓厲凡，但是不敢說，害怕又在某個不知道的地方冒犯了樓厲凡的禁忌，那他將會死得很慘。但是現在樓厲凡說出來了，那麼他再說出來的話應該沒問題了吧？

「其實，厲凡……」其實他也覺得那個人很眼熟，眼熟得怪異……

話才剛開頭，霈林海忽然覺得背後一陣發涼，而同一時間，樓厲凡的表情也變得難以形容的奇怪。

霈林海猛一回頭，發現那個轉學生就站在他身後不遠的地方，靜靜的、沒有存在感的、不知道站了多久。

他的心一沉，那種不好的感覺又上來了。

天氣已經變得很熱，大家都穿上了短袖，女生們也早已換上了養眼的迷你裙。但是那個轉學生——他仍然穿著剛入校時的那一身運動服，額頭沒有汗，一滴也沒有。

他們直直的站在那裡面對著他，肩背有些僵硬。

那個人的視線在樓厲凡和霈林海兩個人的身上梭巡著，似乎在找什麼東西。那種好像看見了獵物的目光，讓他們兩人非常不舒服。

其實這個怪異的轉學生沒有散發出什麼惡意的氣息，但他們不知為何就是有一種本能的厭惡感覺，而這種感覺在對方忽然舉步向他們走過來時到達了頂點。

可怕的、巨大的壓迫感，好像颶風一樣迎面衝擊過來。說不清冷熱的風在他們身體四周運轉，被包圍的感覺有些黏糊糊的，很是噁心。

——這是什麼？

——這是什麼！

——這不是人類的靈力！

——也不是妖怪的妖力！

——噁心的感覺。

——難道是……？

那人走到霈林海面前，用很奇怪的表情看了他一眼，眼睛瞇縫著，露出一個看不清情緒的笑。

「你們剛才說，看到了什麼不該看到的東西？」

他只是張開口，輕輕發出低沉的聲音。然而那聲音令人害怕。不陰冷，也不威嚴，但是令人害怕。

霈林海想發抖，他想閉上自己的嘴，但是他的嘴卻違背了他的意願，自動自發的張開說道：「我們……看見了……」

樓厲凡忽然飛起一腳，話剛開個頭的霈林海被踢得一頭鑽入了他剛才揍公治的草叢中。

「哇啊啊啊啊——好疼啊！」

草叢裡傳出某人被什麼東西刺到的痛叫聲。

「蠢材！」樓厲凡咬牙低聲罵道。

那人大概沒有想到樓厲凡出乎意料的舉動，呆怔了一下才又微笑起來。

「隱瞞也沒用，我會知道的。」他說了這一句，擦過樓厲凡的身體，飄然離去。

「和你沒有關係，不要多管閒事！」樓厲凡壓低聲音惡狠狠的說道。一股香氣又穿過鼻子的封印竄入腦袋，他一陣頭昏，「呸！這味道真是香得噁心！」

那人回頭看了他一眼，「香氣？」

「就是你過來的時候帶的！這學校的香味是你幹的吧！」樓厲凡更狠厲的說道。

他基本上已經能確認了。因為這個人身上的香氣太濃，這麼多封印都封不住，那一定是他了。

可是那人的回答卻出乎意料，「香氣？我身上沒有什麼香氣。」

「就是你！就是你身上的味道。整個校園裡都是這個味道，不承認也沒有用！」

「我沒有聞到什麼香氣。」那人說了這麼一句，然後慢慢消失在他們的視野裡。

目送他消失，他們周圍壓抑的空氣終於消失了。

樓厲凡又等了一會兒，確認他不會回來之後才向還坐在草叢裡的霈林海伸出一隻手，把他拉了出來。

「你怎麼這麼容易受誘供！」樓厲凡對他吼道。

「誘……誘供？！」霈林海結結巴巴的反問。

誘供，超能力的一種，較難學習，但是掌握方法後卻很好破解。

「你差點就把我們和那個二級監禁犯談過話的事情說出來了！這麼想坐牢是嗎？霹靂無敵的蠢材！」

「可是……」

「閉嘴！回去！你的特訓課程上要加一條了！」

「啊？啊——啊啊啊啊啊！不要啊！厲凡！你給我的特訓課程已經寫滿十二張紙了！再多下去我要多少年才能學完——」

「那個奇怪的人真是多管閒事，討厭的預感果然沒錯……」

「厲凡，能不能通融——」

「給我閉上嘴！」大怒，火冒三丈。

「對不起……」

兩人的背影漸漸遠去，但是在他們剛才所站地方不遠處的小樹旁，卻浮現出了雲中樹隱約透明的影子。

——果然在這裡……可是為什麼找不到？

——也許……該是借用「外力」看看的時候了……

※◆◇◆◇◆◇◆※

樓厲凡剛進房間，一本書迎面砸來。

「怎麼這麼晚才回來！」天瑾站在房間中央，扠著腰陰沉的吼道。

她砸過來的可是厚厚一本《靈異統論》，真的會死人的！

書砰的一聲掉到地上，樓厲凡捂著被砸得生疼的腦門大怒，「我又不是妳老公！妳管我回來得晚不晚！」

霈林海尷尬的站在門口，覺得自己進也不是、不進也不是，好像第三者似的……

雖然在理由上占下風，但天瑾可是那種沒理也要凶三分的人，怎會那麼容易就屈服。

「我住在你們房間裡就是為了安全，你們不回來讓我的安全得不到保障，難道連這一點也不對嗎？」陰沉的女人，吵架也一樣陰沉。

樓厲凡當然同樣不甘示弱，「誰要保障妳的安全了？我和妳簽約了嗎？拿出合約來！」

「我既然住進來就代表已經和你立下契約，你想不承認？」天瑾的回答仍然是那麼的理直氣壯。

「妳連妳為什麼一定要住在我們這裡的原因都不說，當我和妳一樣是遙感師用猜的就知道啊！」樓厲凡破口大罵，「妳這個女人到底有沒有常識！什麼時候都不管別人怎麼想！妳想怎麼說就怎麼說，想怎麼做就怎麼做，難道一定要氣到別人腦溢血才甘心嗎！好心讓妳住進來是我這輩子最大的錯誤！嫌我們回來得晚是不是？好！妳去羅天舞或者公冶他們那裡，不要住在這裡就好了！大家皆大歡喜！」

霈林海悄悄進房，反手把門關上。

樓厲凡罵完之後，房間裡出現了瞬間的寧靜。天瑾用她永遠不變的臉看著他們，誰也不知道她那張面具下在想什麼。

除了面對霈林海之外，樓厲凡幾乎從來沒有這樣發飆過。一旦冷靜下來，面對著天瑾那張琢磨不透的臉，他發現自己竟有些心虛。

這絕對不是一個正常的男子漢該做的事，居然對女人大吼大叫，居然還想把一個無依無靠的女人趕出他們的保護──雖然不知道究竟要保護她什麼──實在是太難看、太沒風度了，他是不是有點過分啊……

「……你想知道我為什麼要住在你們這裡？」天瑾沉沉的問道。

「難道有什麼不能說的原因嗎？」霈林海忙打圓場，「如果有的話就不必……」

「麻煩。」天瑾說。

「？」好像她之前就是這麼說的……

「解釋起來太麻煩了。」天瑾一甩頭髮，乾脆的說道。

麻煩＝解釋起來太麻煩？！

原來就是這個緣故？！虧他們之前還為她那兩個字仔細斟酌！原來只是為了這個緣故！

樓厲凡的太陽穴處爆起了幾根粗大的青筋，「管他有沒有風度……我要殺了她——」

「厲凡！不能殺人！不能殺人吶……」

天瑾不知道她應該把她預感到的一切，不管多麼麻煩她都該解釋給樓厲凡他們聽。可是她以為自己待在他們的房間裡就安全了，所以不再提解釋的事。

在不該鬆懈的地方鬆懈下來，那就是死路一條。

※◆◇◆◇◆◇◆※

幾天之後的某個晚上——

「我們要參加近身對戰實習，暫時不能回去。」

吃飯的時候，樓厲凡他們這樣告訴天瑾。

她沒有選修這門課，所以不能跟他們一起去實習，吃過晚餐後只能獨自回宿舍去。

其實在他們說出那句話的時候，她心裡就隱隱出現了某種不好的預感。可是她最近強烈的預感太多，不僅有部分預感被互相吞噬，還造成了她相當嚴重的預感疲憊症狀，預感的準確性大大降低，她已經不知道該不該相信自己的預感了。

天瑾遠遠的站著，前方不遠處的宿舍樓黑影幢幢，好像怪獸一般，隨時都會露出尖利的牙齒。那裡的感覺很不好——不是預感，而是遙感。她判斷了一下，決定在那兩個人回來之前還是不要回房間去為好。

她轉了個方向，往圖書館走去。身後陰暗的宿舍樓裡，有一道光閃了一下。

不知道是預感疲憊症狀影響了遙感，還是真的有那麼回事，當天瑾走到圖書館門口時，同樣遙感到了很不好的結果。

可是除了宿舍和圖書館之外，她還能去什麼地方？她沒有什麼朋友，教室現在也已經被夜晚班的同學占用了，當然更不能去。

她有些茫然的站住，看看這邊，又看看那邊，偌大的校園裡，似乎沒有一個地方可以讓她停留。

——樓厲凡、霈林海，你們到底什麼時候才能回來……

她在距離圖書館只有幾十公尺的林蔭小道上慢慢的蹲了下來，忽然覺得想哭。不是因為脆弱，也不是因為寂寞，她就是很想哭。

如果一定要為這種感覺定義一種性質的話，她只想得到一個詞，那就是恐懼！她在對某種不知名的東西恐懼！

——為什麼？

——為什麼？

——為什麼！

那天晚上原本就見不到晴朗的星空，當陰沉的雨雲壓向低空的時候也沒有人發現。直到天空忽然閃過一道青白色的閃電，隨即滾過沉悶可怕的雷聲，這時才有人抬頭說——哦，要下雨了。

又劈過一道閃電，天瑾發現自己腳邊的影子似乎有點大。

她是蹲下的，閃電在她後方，但是還沒有低到能把她的影子拉到這麼長的地步。唯一的解釋就是，她身後站著一個人。

恐怖的感覺驟然席捲全身，她大張著眼睛，眼淚像溪流一樣源源不斷的流出來，滑過面頰，滑落到了地上。

——是誰？

——為什麼沒有感覺……

——是誰？！

——遙感麻痺了……

——我身後的這個人是誰！

——好恐怖……

——到底是誰！

——是誰——

她的脖子已經僵硬了，但是她仍然努力的向後轉過頭去，哪怕需要費盡她全身的力氣。身後，轉學生悠然的站在那裡，一隻手掌隨意的張開，按在她的頭頂上。一道閃電再次劃過，照出她青白得透明的面色，以及轉學生在陰影中的猙獰表情。

天瑾尖叫。

※◆◇◆◇◆◇◆※

對戰教學實習室——

樓厲凡和霈林海原本以為他們的對戰者應該是對戰實習課的老師，不料到達教學室後，等著他們的卻是百多隻戰鬼。而他們的實習課老師卻在顯示螢幕上向他們揮手致意。

「……那麼，我會對你們的安全進行即時監控的，請各位放心好了。」

「什麼叫做讓我們放心？」樓厲凡低聲道：「你現在面前至少有一百臺監視器吧，到底要監控誰啊？」

任課老師的眼神飄忽不予回答，大概是在看其他的監視器。

樓厲凡說對了，因為選修對戰課的學生有一百多名，而老師只有顯示螢幕上的那一個，意思就是說——基本上沒有人保護你，你自己學去吧！學成了恭喜你，學不成殺死你。

樓厲凡雖然並不覺得自己會被殺死，但是這位老師未免太看輕他們，只放了這麼點戰鬼在這裡就想打發他們，以為他們是初級學員嗎！

……對了，霈林海基本上算是初級。

戰鬼，由低階靈製作的人造鬼，大約五十公分高，全身灰色，長相有點像團子。其實戰鬼本身沒有什麼太高的戰鬥力，只是打擊時比較麻煩。因為如果攻擊時用力過大，它就會自動引爆，用力太小又會使攻擊無效，只有力量在適度範圍內才能將之打倒。

「霈林海……」樓厲凡看著已經擺開對戰姿態的戰鬼，目不斜視的說：「今天的對戰算是最初級的，你炸到你自己沒關係，但你要是害我也被炸到，我們就回去慢慢算帳。」

他的聲音結了冰，霈林海忍不住打了個冷顫。

「我知道……了。」完了，本來不緊張，卻因為他這句話緊張起來了……

樓厲凡可不管他緊張不緊張，微微示意了一下，擺出架式向戰鬼攻擊過去，霈林海隨後跟上。

戰鬼果然難纏。要將其群體的攻擊壓制住，但自己的攻擊力卻必須進行嚴格控制，不能太重也不能太輕，在顧慮重重之中便被限制了諸多能力，無法放開手腳去攻擊。

這些限制對樓厲凡倒是沒什麼，對付這些戰鬼只是時間問題而已。

但是霈林海卻不同了，他從來沒有與戰鬼對戰過，當然不會知道它們的引爆臨界點在哪裡，一擊出去，不是太輕就是太重，英勇的戰鬼接二連三的在他身邊爆炸，他的樣子灰頭土臉的就沒乾淨過。

樓厲凡知道他是這個德行，所以從開始對戰就沒有和他在一起，特地和他離得遠遠的，就怕這個白痴波及到自己。可是很不幸，雖然霈林海的戰鬥力不強，但引爆力不弱，兩人加起來的戰鬥力不可小視。

在他們分工卻不合作的接連打擊下，戰鬼的數量以驚人的速度減少，殘餘的戰鬼逐漸被他們逼迫到了角落裡。同時，持續攻擊的兩人也在不知不覺間逐漸靠近。

大半場對戰下來，霈林海已經稍微掌握了一些戰鬼的引爆底線，有多次都沒有再發生爆炸事件了。

可是這不表示他就能百分之百的進行安全的有效攻擊，所以越接近樓厲凡，他越緊張，越緊張就無法施展腿腳，在同一個戰鬼身上打擊了五次也沒把它打倒，戰鬼一揮手卻把他打了個趴下。他爬起來，再努力繼續打……

「霈林海你在幹什麼！」樓厲凡一聲怒吼。白痴嗎！這種東西也讓他這麼為難！

霈林海一緊張，全身的肌肉都繃緊了。這下子他再也沒辦法好好的控制力量，一拳揮出去，戰鬼轟然爆炸。

如果只是那一隻戰鬼爆炸還好，可惜此時戰鬼們都被聚集在一起，頓時發生連鎖反應，二、三、四、五……所有的戰鬼接連發生爆炸，同時也在進行攻擊的樓厲凡當然無法避免，他一拳還未挨到面前的戰鬼，那戰鬼已經因為不知道第幾個連鎖反應而轟的一聲炸得粉碎，樓厲凡維持著伸出拳頭的動作，滿身滿頭都是戰鬼的碎屑。

樓厲凡斜眼看著霈林海，霈林海僵硬。

「霈——林——海！」只是眼睛裡射出的火光就可以將他燒個半死了。

「不……請不要生氣！」霈林海嚥口唾沫，一點一點後退，「我不是故意的！真的！我真的不是故意的！我……我……我……啊啊啊啊啊啊！你不要過來！求你原諒我——」

兩人在對戰室裡玩命的轉起圈來。

「我殺了你！」

「我不是故意的——」

「知道你不是故意的！」

「那你還要殺！」

「不管什麼原因，炸到我就格殺勿論！」

「哇啊啊啊啊請原諒我！救命——」

——**救命！**

追逐中的兩人忽然停了下來。

並不是確切的聲音，只是彷彿有女性尖叫的靈波撞入了胸膛。

這種感覺只有在靈能者們長時間住在一起，靈波在某種程度上合拍時才會出現，屬於心電感應的一種。

那麼這位女性會是……？

「天瑾！」兩人對視一眼，同時大叫。

監視螢幕上，對戰實習課老師打開了他們的通話器，「怎麼了？你們不是已經完成了第一級對戰？還有第二……」

兩人沒有聽到他的聲音，只循著靈波衝撞的方位狂奔而去。

「喂！你們的第二級對戰還沒開始！喂！樓厲凡！霈林海！我要扣你們的學分！」

但是對戰實習室與天瑾所在的地方實在離太遠了，靠他們兩人的腳程根本無法以最快的速度到達，如果真的是天瑾發生了危險的話，照這種速度過去，天瑾八成已經死了。

天瑾在心中尖叫的聲音越來越響亮，越來越淒厲，但是靈波卻逐漸弱了，這說明她是真的陷入了危險，而且她的力量還由於某種不知名的原因在逐漸減弱中。

樓厲凡有些焦躁了。

「霈林海！用妖力浮翔！」他吼道，「我們從人少的地方飛過去！」

「啊？啊——知道了！」

妖力浮翔不能讓別人看見，但是他們現在已經顧不了那麼多，首要的任務是找到天瑾，其他的事情以後再說！

兩人身上同時綻放出靛青色的電光，劈啪聲響過處，他們的靈力活生生轉化成了妖力。身體整個妖化的兩人頓時變得輕盈，浮上距離地面十公分的位置，用肉眼無法看清的速度向天瑾的方位疾速飛行。

※◆◇◆◇◆◇◆※

醫務室裡，正在為一名學生進行診治的校醫忽然抬起頭，露出了凶狠的表情。

那名學生開始顫抖。

※◆◇◆◇◆◇◆※

雲中榭的手仍然放在天瑾的頭頂上，天瑾跪在他的面前，好像正在向他頂禮膜拜。

她仍然在流淚，但是沒有掙扎，甚至也沒有了恐懼的表情。她的臉很白很白，甚至連眼瞳也變成了灰白色，除了黑白二色之外，她身上唯一有顏色的地方只剩下頭頂。

那個人手掌所按的地方，隱約的紅色正在從她的頭部向他的身體傳導過去，明顯是在強奪她的力量。

這是人類所不可能擁有的一種特殊超能力——強奪之力。

這是世界上所有超能力中最卑鄙的超能力！

「住手！」

隨著一聲大喝，一團妖力光球和兩道人影幾乎同時撞來。

雲中榭微一分神，被妖力球撞得退開幾步，霈林海的拳頭隨後跟上，希望在他沒有反應過來之前做出有效的攻擊。可是雲中榭只是微笑了一下，左手輕輕一撥就將霈林海的攻擊撥到了一邊，反而右手一拳打中他的腹部，霈林海的身體飛了起來，然後撲通一聲倒在地上。

抱起昏倒在地的天瑾，樓厲凡震驚得一句話也說不出來。

他們的妖力球是直接打出來的，由於應用了妖力浮翔的關係，他們的身體速度也跟上了妖力球的速度，就好像一個人扔出一塊石頭，又跑步跟上了石頭的速度一樣。按理說無論是誰也不該有能力輕鬆躲過這兩方面的攻擊，可是這個人卻躲過了，而且是先躲過妖力球，又躲過霈林海的攻擊，同時還悠然自得的好像閒庭漫步一樣。

「你是什麼東西！」樓厲凡吼道。

天瑾已經完全昏迷了，她的身體變得冰冷而沉重，幾乎會讓人以為她已經死了。

「我是這裡的轉學生。」雲中榭笑著說道，「我的名字叫做雲中榭。」

「我問你是什麼東西！」

有風悠悠吹過，小雨終於淅瀝瀝的落了下來。

「什麼東西？」雲中榭的臉變得異常陰鬱，透露著隱隱的惡意。

他一伸手，被他剛剛一拳打得暈眩不已的霈林海身體居然飄了起來，像被一條線拉著一樣朝他拖拉過來，到他面前時不由自主的直起身體跪下。隨即，雲中榭那隻手緩緩伸向了他的天靈蓋。

「你要不要來猜猜看，我是什麼東西……」

霈林海雙目驟然圓睜，太陽穴和頸部的血管清晰的暴脹了起來，好像馬上就會掙破一樣隨著心率急速的鼓動。看得出他想大喊，但是喊不出來，甚至連身體都無法動彈，只有雙手在身側緊握成拳。

樓厲凡和霈林海在一起的時間比天瑾更長，而且兩人的靈力波長異常相似，平時感受不到，可在有極其強烈的刺激時，他們的感應和溝通將加強到基本上同調的程度。所以樓厲凡明顯的感覺到了那種全身近乎炸裂的劇烈疼痛，以及疼痛中逐漸消失的力量。

天瑾死灰色的瞳孔稍微放大了一些，卻又隨即收縮。

——霈林海……會被吸盡……力氣……而死……樓厲……凡……

樓厲凡的心一動，他知道自己聽到的是她的心聲。

「霈林海要死了？」他冷笑了一聲，「今晚的事我還沒和他算帳，怎麼能讓他死得那麼容易！」

已經不在乎被誰看到了，樓厲凡雙手一張，全身的妖力在劈啪電光之中又轉回了靈力狀態。他的靈力在空氣中膨脹起來，靈力充滿的雙手卻沒有發出平時正常的藍色靈光，而是隱隱泛出了暗黑濃稠的氣色。

那不是靈力球，也不是妖力球，而是混合了其他不知名力量的東西。

「他的力量不是你這個下級妖怪能夠使用的！放開他！」

從樓厲凡手中生出的兩顆黑色光球迅猛的向雲中榭擊去。

光球的速度快得驚人，氣流被那兩顆光球的速度震得尖叫起來，光球所經之處，青石地面全部跳躍著翻起，露出下面黑色的泥土。

雲中榭的面色稍微驚訝了一下，卻又立刻放鬆了。他放在霈林海頭頂的手紋絲不動，只將另一隻手舉起，雙光球同時準確的撞擊在他手心，帶著巨大的電流之聲爆炸開來。雲中榭全身都被包裹在亮色的光芒之中，衝擊力讓他順勢不斷後退，然而讓人吃驚的是，他依然同時帶著已經無力掙扎的霈林海，沒有絲毫的放鬆。

雲中榭一直後退了約有七、八公尺左右，才消去了手掌心中光球的力量。光球消失，但它的黑氣以及所帶的雷電餘威卻仍在他周身劈啪作響，就好像正站在滿是高壓電流的空氣中一樣。

雲中榭對自己身邊的狀況似乎毫無所覺，相反的，他嘴角處竟露出了一絲嘲諷。

「樓厲凡，只不過是 90hix 不到的能力就想和我鬥？」

樓厲凡面色一變，「……你怎麼知道我的名字？」

雲中榭看一眼已經昏過去的天瑾，樓厲凡恍然大悟。

「你強奪了她的遙感能力！」

「是。」雲中榭乾脆的承認。

他的右手還放在霈林海的頭上，果綠色的光氣從霈林海的頭頂向他的身體源源不絕的洶湧而去。

他搶走了天瑾的能力，而現在又把霈林海當成了能量電池，不管是攻擊還是防禦，樓厲凡都處在下風。如果是平時的話，樓厲凡絕對會掉頭就走，保護自己才是最重要的；可是現在不行，霈林海的面色變得越來越白，幾乎就像天瑾一樣了。

樓厲凡握緊了拳頭。黑色的靈光再次從他手上散發出來，不過這次並不是兩手同時，而是只有右手一邊。

的確，保護自己才是最重要的，可如果他只考慮自己的話，只要他一逃走，天瑾和霈林海必然都會死，即使叫來救兵也晚了。

「放開他！」

光氣能量在一分一分的升高，比剛才的能量更強。他似乎已經把他全身剩下的所有靈力都聚集在手心當中，形成比剛才更大三倍以上的能量聚集群。

「哦？沒聽清楚……再說一遍？」雲中榭嘲笑。

即使如此——樓厲凡咬牙想——即使如此也沒有用！即使把全身的力量用上都沒有用！自己的力量只有 85hix，而霈林海的力量卻有 300hix 以上，這還不包括那個叫雲中榭的怪物本身的能力。發出這樣的能量根本就是浪費，可是……可是……

霈林海咳的一聲吐出了一口血。他被吸收的能量太多了！他平時從來沒有用過如此之多的能量，作為能量「容器」的身體無法承受大量能量的迅速竄流和喪失，他開始出現能量空洞了！

樓厲凡心裡一急，不顧能量尚未達到頂點，竟持著那黑色光球向雲中榭砸去。

「我叫你放開他你沒聽到嗎！」

雲中榭沒想到他這次不是投擲而是直接攻擊，自己手中又有人拖累，一時之間竟難以閃避，只能用空閒的那一隻手硬接。

砸下的光球引起了風的鳴動，在轟然大響之中，螺旋狀風龍向他們周圍迅速席捲而去，大地驚顫，樹木斷裂，草皮被層層翻起，連天空的陰雲也被衝擊波打出橢圓形的空洞，露出陰雲上方暗藍色的天空。

雲中榭聽到自己的左手手腕發出細微的「卡」一聲，他的面色霎時沉了下來。眼見樓厲凡的光球就要壓下，他忽然一抬腳，將樓厲凡猛踹了出去！

樓厲凡全身的能量都押在手中的光球上，身體的其他部位毫無防範。正因為如此，他才能集中能量勉強將雲中榭暫時壓制，但是也正因為如此，雲中榭攻擊他身體其他部位時，他根本一點抵抗能力都沒有。

樓厲凡飛退了二十多公尺，直到撞上一棵樹才剎住勢子。咚的一聲，他跌落在樹下的草坪上，大口吐出一灘黑紫色的血。

第4章

純天然可口的海荊花鬼

雲中榭臉上虛偽的微笑消失了，取而代之的是陰冷殘忍的表情。他拖著霈林海慢慢向樓厲凡走去。

「居然敢傷害我的身體……好大的膽子，真是好大的膽子。」他剛才發出聲響的手腕下垂著，不知道究竟是骨折了還是不想動，他走到樓厲凡身邊，站住，「我不知道居然還有男性人類會使用靈力魔化技術，真是小看你了。」

靈力魔化，和妖學院的魔化專業所學的東西是相似的，都是將身體能力進行近似魔化的轉變，一般魔女使用的便是這種能力。可是這種能力通常只有女性能夠使用，男性在使用時將受到不知名的限制，所以在男性身上見到魔女的力量是非常少見的。

被踢了一腳的腹部正劇烈的絞扭疼痛著，樓厲凡不斷咳血，無法回答對方的話。他的確是使用了靈力魔化，硬將能力提高了幾階。

如果樓厲凡是女性，以他的能力，把自己的力量強行提高到 200hix 左右沒有問題。可惜他不是，所以能力只勉強提高到 100hix，要與霈林海的力量強度抗衡還是差得太遠了。更何況以男性能力強行使用魔女的力量會造成身體很大的負擔，因此他吐血並不全是雲中榭踹他那一腳的關係，而是魔女能力的副作用。

雲中榭吸收霈林海的力量從右手進入，集中在左手手腕上，隱現出白光。沒一會兒，他的左手動了一下，很快就活動自如。

他走到樓厲凡面前，用左手掐住他的脖子，逼迫他看著自己。

樓厲凡憤怒的眼神一晃而過，雲中榭又露出了微笑。

「對了，真奇怪，為什麼會覺得你的靈氣波動這麼熟悉呢？」他說，「好像在哪裡見過一樣……不，不對，這似乎不是你的靈力，你是沾染到誰的……」

他忽然向後一退，樓厲凡的手掌帶著黑色刀風險險劃過他的咽喉。躲過他最後的垂死掙扎，雲中榭一掌拍上他的胸口，樓厲凡被打得貼著地面倒飛出去！雖然他立即用兩隻手在地上扣抓，試圖穩住身體，可是他的努力並沒有太大的效果，整齊的草坪上還是留下了十道長長的、彎彎曲曲的黑色痕跡。

霈林海的臉色已經變得比之前更加死灰，他一直看著事情的發展經過，清楚的知道到底是誰打敗了樓厲凡——不是雲中榭，而是自己。

那個怪物用自己的力量打敗了樓厲凡。總是冷靜、從不失敗的樓厲凡，這一次失敗得如此淒慘，全都是自己太沒用的緣故。假設這一次能平安度過的話，假設樓厲凡以後不向他追究責任的話……可是即便如此，他自己呢？

每一次、每一次，都是樓厲凡在救他，總是樓厲凡在幫他解決問題。可是他每一次都成為負累，從來……從來都沒能真正幫上他一點忙！那他要這一身毫無用處的超能力幹什麼？讓別人用他來對付樓厲凡嗎？！

——不行！

——絕對不行！

雲中榭拖著霈林海又向樓厲凡走去。

霈林海臉朝上的被人拽著前行，他微微睜開眼睛，看見幽暗的天空零星落下的小雨。

他艱困的張開了嘴，「天上的神明啊，我發誓效忠……」聲音低啞得幾乎聽不清楚，「成為您忠實的奴僕。請幫助我，借給我雷神的力量……」

雲中榭的手又伸向了樓厲凡，他暫時不想殺他，只是想確認一下，從樓厲凡身上絲絲縷縷漏出的、卻不是他本身力量的那股波動到底是什麼。

「還是不說嗎？究竟你是沾染到誰的——」

天空的雲層在他們的頭頂上聚集成了黑色的雲塊，並帶著隱隱閃電快速的旋轉。雲中榭感覺到了強大靈能的壓迫，忍不住抬起頭來。

「……以我的身體為媒，定下契約，我命令天空，打雷！」

巨大的閃光向雲中榭的頭頂直劈下來，連閃避都來不及，雲中榭本能的放開了抓著霈林海頭頂的那隻手，雙手同舉，接下天命雷擊！

霈林海被靈壓壓得撲倒在地，樓厲凡也由於雷電發散的能量而被壓住，無力的身體一動也不能動。

一瞬間，周圍的世界被照得如同白晝，雲中榭的手心中輪轉著七彩霞光，就像屏障一樣抵擋著落雷的進程。

這道雷不像普通的雷一閃之後立即消失不見，而是一道一道接連不斷的向下擊打。

一聲聲雷擊的巨響轟隆轟隆砸下，雲中榭原本咬著牙拚死截擊，似乎就算用盡最後的力量也要阻擋天雷落下，但是他的腳也在一次次的擊打下慢慢陷入泥土之中；同時，他手中的屏障由於無法連續抵擋如此之高的能量，在一次又一次的打擊中逐漸出現裂紋，眼見他就要支撐不住了。

「拜特！」他忽然咬牙大吼，「你就一直看著是不是！我要是被雷擊中，我旁邊的樓厲凡和霈林海一個也逃不掉！你想讓他們跟著我陪葬嗎！拜特！」

在距離他們不遠處的樹林深處，驟然一道光線射向天空，落雷的雲層在光線一擊之下呼的一聲退散，明朗的星空露了出來。

沒有了雲層，落雷自然消失不見，雲中榭喘息著收起幾近破裂的屏障，然而力量使用過多，他那雙為了迎接落雷而僵直的手臂很久之後才放了下來。

小女孩模樣的拜特管理員面無表情的從黑暗中走出，掃了看起來已經快死的樓厲凡等三人一眼，露出冷笑。

「好，你個雲中榭，你回來的時候『我們』就告訴過你，絕對不要打我們學生的主意，你當『我們』放屁嗎？」

雲中榭努力喘息著，眼睛狠狠的盯著她，卻並不答話。

她走到天瑾身邊，撫摸一下天瑾的頭頂，「你吸收了天瑾的力量？」

「是又怎麼樣？我是不會交還的。除非你們告訴我他在哪裡！」

「他死了，我們忘記澆水，他乾死了。」拜特輕快的說道。

「我知道你們在說謊！」雲中榭指著她大吼，「他在這裡！我知道他就在這個校園裡！但是我找不到！是你們遮罩了他的力量吧！所以我才會感覺不到！他在哪裡？他在哪裡？」

拜特輕笑，「所以你才會想要天瑾的能力對不對？想藉此遙測他的位置。不過你弄錯了一件事……」

她慢慢的走向他，雙手按壓的骨節卡卡作響。

「弄錯……什麼？」

「被遮罩了力量的不是他，而是你。」

拜特凌空揮拳，咚的一聲，雲中榭就好像真的被什麼打到一樣飛了起來，連連撞斷身後幾棵樹木方才停下。

「就像你剛才打鬥時一樣，雖然你們用了這麼大的能量，但是卻沒有一個『外人』來看看究竟發生了什麼事，你以為這是為什麼？你可以感應到你身邊人的能力，可以探測你希望探測的所有東西，可是總會有一種莫名的違和感，你以為這是為什麼？我知道你在監禁期間也曾和人打鬥過，但是你的能力似乎從來就沒有超出某個範圍，你以為這又是為什麼？」

雲中榭舉起一隻手，又放下，看看自己的周圍，好像在找什麼東西一樣。

「難道……難道說……你們把我……」

「你一直被結界的牢籠禁閉著，可笑你還不知道。」拜特再次露出冷笑，「所以你放心吧，不管你吃掉多少人的力量、多少人的超能異能，你永遠都不可能感受到他的存在。因為你在牢籠裡，他在牢籠外，即使你使用超出範圍的力量，也會全部被幻覺取代，你找不到他的，找不到的，做夢去吧！」

雲中榭捂住了臉，全身微微顫動。

拜特以為他在哭，然而他很快放下手，原來他竟在笑！

「原來是這樣……我就覺得奇怪，怎麼會這樣……原來如此！」

他站起身來，揮一揮身上的塵土，臉上掛著怪異的笑容。拜特剛才的攻擊好像對他根本沒有產生任何作用，除了塵土之外，他甚至一點傷都沒有。

見此，拜特顰眉。

「你們以為遮罩了我，就可以阻止我找到他？我知道他也在找我，但是我被遮罩了，他的訊息無法傳輸到我的身邊。然而我知道，他一直不斷的用各種方法傳遞他的訊息給我。我原本一直認為那是雜亂的訊號，不過妳今天這麼一說，還真是讓我豁然開朗。我……知道他在哪裡了。」

拜特退了一步，厲聲說道：「原來你全都是裝的！」

「差不多吧。」雲中榭做了個聳肩的動作，笑道：「我不裝，怎麼能知道這麼重要的事情？這三十年我一直被關在另外一個牢籠裡我自己卻不知道，妳不覺得稍微有點過分？」

「那是你罪有應得。」校醫從樹林的陰影中施施然的走了出來。

雲中榭看看他，又看看她。

「我已經不是那個魂魄和身體完全不合的半鬼了。」他說，「七分之一個拜特沒有用，七分之二當然也沒有用。」

「說什麼漂亮話。」校醫咬著一根牙籤上下晃動著說：「你只不過是吸收了霈林海的力量，現在能量暫時高於我們罷了。霈林海這個超能電池不可能一直都有電，看，他早就昏過去了。」

一低頭，發現霈林海果然已經失去了意識，雲中榭發現這一點，不禁臉色一變。

「花鬼，你知道靈異協會為什麼要把你關到重型監獄，卻把他關在這所學校嗎？」校醫笑著，慢慢向他走去。

雲中榭舉起雙手護在身前，擺出了抵抗的姿勢。校醫卻完全沒有做出防護措施，反而滿不在乎的繼續走向他。

「你們就是想分開我們罷了！只要我們分開，我的力量就只有之前的二分之一不到！」

校醫笑著搖頭，「你錯了。即使你回歸完全體，我們兩個拜特對付不了你，那三個呢？四個呢？我們照樣可以把你從這個身體裡剝離出來，關進特級靈體監禁裡，那你又有什麼辦法逃脫？」

「……你到底想說什麼？」

「『我很失望，我不想看見你。』這是他讓我帶給你的話。」

雲中榭的臉變得煞白，在月光的照耀下就好像鬼魅一樣。

「你在胡說……」

「『是我請求大法官閣下將我和你分開監禁的，因為我知道只要我在你身邊，你就會胡作非為。我不奢望逃出靈體監禁，我只希望能平安的度過刑期，如果可能的話，取回我的身體，從此以後再也不見你這個背信棄義的小人。』」

雲中榭身體裡的力量好像一下子就流光了，擺出的對戰姿勢也一副潰不成軍的模樣。他的眼睛裡已經沒有神采，雙脣上下微磕，連聲音也在劇烈的顫抖。

「他果然不原諒我……他果然不原諒我……他果然……」

忽然傳來沉悶的「砰」一聲，雲中榭花了很久的時間才發現那是從自己身體內部傳出來的。他慢慢的、顫巍巍的回頭，身後的帕烏麗娜和海深藍兩人緩緩收回了擊出的手掌。

「妳們……」只說出這兩個字，口中的鮮血就把後面的話淹沒了。

「你不是中榭。」帕烏麗娜淡然的說著，「所以不要用中榭的臉這麼看我。」

「看見了吧。」校醫可惡的聲音又響起，「這不是你的力量，所以你對她們的攻擊沒有本能的反應，你完了。啊，對了，忘記告訴你，剛才那些話是我騙你的，真是抱歉哦。」

雲中榭捂住鮮血不斷噴湧的口，退了兩步，轉身想要逃走，卻被地上斷裂的樹木絆了一跤，他在地上打了個滾爬起來，又繼續跑。

「要發動他手腕上的一級言字契約嗎？」拜特管理員問道。

「為什麼？」校醫反問。

「不行！」帕烏麗娜叫著，海深藍拉住了她的手腕。

「啊，麗娜說得對，那個不著急，我們不如就跟上去怎麼樣？一定會發生很有意思的事情的！」校醫興致勃勃的就要隨後跟上，卻被拜特管理員拉住了衣服下襬，「怎麼了？」

拜特管理員指了指樓厲凡他們三個，「那幾隻怎麼辦？你是校醫，想逃避責任嗎？」

校醫興奮的臉變得如喪考妣一般，「他們又不會死……」

「去、治、療！」

校醫帶著一張愁苦的臉向三個傷患的位置磨磨蹭蹭的走過去。拜特管理員向海深藍和帕烏麗娜使個眼色，三人一起往雲中榭逃走的方位追去。

※◆◇◆◇◆◇◆※

——他在哪裡？

他知道這個校園中必定有那個人留給他的記號，提醒他自己究竟在何處。雖然能力被囚禁了，但他知道剛才在樓厲凡身上感覺到的那股陌生卻熟悉的氣息必定是他的，可是他以前卻完全沒有發現。是因為離開太久了嗎？把不該忘記的東西也忘了？

越往前走，雙腿變得越發的沉重起來，失血太多，眼前的景物也變成了雙影，漸漸看不清楚了。

人類的身體，始終都是最脆弱的。

那麼，當初又為何如此想要得到呢？

不惜失去朋友，不惜背叛唯一相信自己的人，強奪這副軀體，造成無法挽回的後果，這一切又是為了什麼呢？

腳下不知又絆到了什麼，他重重的摔倒在地上，天旋地轉的不知滾了幾圈，仰面昏厥了過去。

※◆◇◆◇◆◇◆※

「花鬼。」

「花鬼。」

很久……沒有聽到某個聲音這麼叫了。

其實他本來並不是人，也不是妖怪，只是一個不知何時就藏在某棵海荊花樹裡的魂魄。蒼老的海荊花樹把他當作養分吸入了體內，他就在樹裡睡著，一直睡、一直睡，睡得忘了自己是誰，忘了自己為什麼要在這裡睡。

後來他醒了，也不知道自己為什麼醒來，他就在樹的內部呆呆的看著天。他不知道自己那時候是不是在修煉，那段時間到底有多久他也忘了，總之不算太長也不太短。

再後來……再後來他就遇見了他——這具身體的主人，那個真正的雲中樹。

他不知道自己這棵海荊樹是什麼時候被圈入那個拜特學院的地界的，不過他不關心，因為和他沒有關係。

現在他已經忘記了他們相遇時候的情景，那是很久以前的事了。他的記憶只從他們相識之後開始。之後他們的情誼究竟延續了多久呢？十年？三十年？還是一百年？他不知道為什麼雲中樹從來沒有疲憊過，每次總是神采奕奕，每天都會出現在他面前。

他只知道那時候的雲中樹是拜特學院的學生，有一個女朋友，他從不叫她的本名，只叫她的小名。她的小名，叫做小Ｐ。

雲中樹常常獨自前來，有時候會帶著小Ｐ一起。他很喜歡他們在一起，確切點說，他很喜歡他們身上的味道。那是活人的味道，帶著陽光，不像他，只是一個沒有實體的花鬼，甚至從來沒有離開過樹蔭的範圍。

雲中榭和小P很親密，低著頭，好像交頸的鴛鴦一樣，經常為一句不太好笑的話笑得前仰後合。

其實他們這樣挺幼稚、挺可笑的，但是看著那兩個人，他心裡卻不知何時逐漸的、逐漸的生出了羨慕。他喜歡他們在一起的樣子，喜歡他們只有在對方身邊時才散發出的一種甜蜜幸福的味道，喜歡他們只是互望一眼，就知道對方心中的所思所想。

他知道那是愛情。

他知道那是默契。

但是他得不到，因為他只是一個花鬼。

於是，他開始對自己不滿，不滿自己沒有身體，不滿自己不能離開這棵樹，不滿自己不能有除了雲中榭之外的朋友。他想……他多麼希望可以有一個身體。

「你要身體幹什麼？」雲中榭邊翻書邊笑問，「這樣不是很好嗎？」

「我想要一個身體。」

「再修煉個一百年吧，就差不多了。」雲中榭漫不經心的回答。

「我想要一個身體。」

「你非要一個身體幹嘛？」

「給我你的身體。」

雲中榭僵住了。

他慢慢合上書，看著面前的花鬼問道：「……你想要我的身體？」

「不是你的也行。」他悲傷的說，「反正我只是一個花鬼，除了你之外，沒人願意到我這裡來，等再過一百年我修煉出雛形再去搶別人的身體……」

「你都修煉出雛形了還搶別人身體幹嘛……」雲中榭無奈的嘆道。

「就一天。」

「一天也不行。」

「半天。」

「不行。」

「六個小時！」

「不行。」

「三個小時也行！」

「不行！」雲中榭丟出手中的書，穿過花鬼虛幻的腦袋砸到樹上，「靈異協會有規定，身體是不可外借的重要東西，就算我有心想借給你，但如果最後被人發現的話，我們兩個都會受到嚴厲的懲罰。」

「那，只要一個小時，一個小時就行！我不會讓別人發現的！我只想知道有身體的感覺是怎麼樣的！行嗎？」

「……我說了不行……幹嘛一定要為難我……」

他的眼神看上去似乎很堅定，但是花鬼知道他在猶豫，因為他們是朋友，而花鬼的朋友只有他一人。

「真的！一個小時！」

「……」

「一個小時後我就立刻還你身體！只要一個小時！」

「你……唉……」雲中榭長嘆了一聲，「那，你確定要我的身體，不後悔？」

「是的！」

「如果回不來……」

雲中榭好像自言自語一般說著什麼，花鬼沒有聽清楚。

「你剛才說什麼？」

雲中榭苦笑著搖頭，「我說，我們交換一個小時，如果一個小時之內你不能和我交換回來的話，我們……」

他鬆口了！花鬼欣喜若狂。

「那我們定下言咒——不！還是訂定言字契約吧！定下絕對不能反悔的言字契約！」

他發誓，他從來沒有想過自己會食言，定下言字契約的事情也不是裝出來的，他是真的這麼想。

雲中榭看著他，看著，就好像要穿透他看進魂魄的內核一樣。

他說：「……我不與你定言字契約，我相信你。」

相信。

可花鬼至今都不知道雲中榭在拿什麼相信他。

他們在一起的時間的確很長，但他並不知道雲中榭到底是什麼人，除了他的名字和他的女朋友之外，他甚至不知道他的身分、他家住何方、他能力幾何……

可是雲中榭卻相信他，因為他們是朋友，不知道多少年的朋友。

雲中榭離開了幾天，在他以為他不會再回來的時候卻穿著一身法袍忽然出現在他面前。

「你真的想要這個身體，不後悔？」雲中榭再一次向他確認，「即使會有什麼結果也不後悔嗎？」

「不後悔！」他什麼也不想，什麼都忘了。他只知道自己將有一個身體了——即使只有一個小時。

於是，交換。

剛剛得到這副軀體的時候他有多麼興奮啊！甚至來不及多看進入樹心的雲中榭一眼，他就飛也似的跑走了。

擁有身體的感覺是如此之好。

可以奔跑在陽光下面，可以離開那個保護他、也在禁錮他的樹蔭，可以和雲中榭之外的任何人交流，可以碰觸他以前無法碰觸的東西……

太興奮、太幸福了，所以他忘記了時間。

……不，他也許是故意的，故意不看時間，故意想讓自己忘記一個小時的約定，忘了還有一個沒有身體的魂魄在海荊樹下等他把最重要的東西還來。

他的心裡一直有一道小小的聲音在說：「沒關係的、沒關係的，真的，只要再多一會兒就好，是他小氣，不是嗎？只是多一個小時……或者兩個小時……或者三個小時又如何？」

他不再去想自己破壞約定會怎樣，他想的是雲中榭才是破壞約定的那個人，因為雲中榭會覺得他在樹心之中修煉出來的能量應該是所有人都欣羨的，只是沒有軀體而已。雲中榭現在得到了那些能量，一定不會為他稍微晚一些回去而生氣的。

一定是這樣的。

可是不管怎樣安慰自己，他的腦中始終有另外一句話在迴旋振盪。

「我相信你。」

「我相信你。」

「我相信你我相信你我相信你。」

之後他想起了說那句話時雲中榭的眼睛。

他心裡一驚。

他到底在做什麼？他辜負了自己唯一的朋友！他在玩弄他的信任！他犯下了不可饒恕的錯誤！

說不定從此以後……他就真的失去這個朋友了。

他在明朗的陽光下覺得渾身冰冷，只猶豫了一下，便折回頭，拚命向他們約定的地點狂奔而去。

可惜，太晚了。

有人說過的，一旦約定被破壞，約定的東西就回不來了。永遠回不來了。

花鬼永遠記得他看見自己那棵樹時的感受。有一個穿著白色衣服的男人站在樹下，從他手心中竄出十六條黑龍。雲中榭的魂魄被黑龍重重圍住，緊緊捆綁在海荊樹的樹幹上；他魂魄的臉色被黑龍絞扭得青白，牙齒咬得格格作響。他發現花鬼的到來，轉頭看了他一眼，然後，笑了一下。

——**我、不、會、原、諒、你……**

從他的眼睛，花鬼聽到了炸雷一般可怕的聲音。

「你在對他做什麼！」他向那個白衣男子撲過去，妄圖讓對方解除黑龍。但是他忘記了這不是自己的身體，他原本的力量被黑龍捆綁在樹上，他根本不是那個人的對手。

那人空著的一隻手在空中劃了一個圈，他撲到那個虛空的圈上，轟的一聲，卻被撞得倒飛出去。

「我在對他做什麼？」那白衣男子冷笑著說：「他違反《靈體遷移法》第一百五十五條第六款，將身體借給你這個不守諾言的花鬼，現在我按照規定把他關進二級靈體監禁裡。你認為這是我的錯嗎？」

「不……不對！是我的錯！」有一股暖流從口鼻之中湧出，他不知道那是什麼，也沒有時間去管，「是我違反了一個小時的約定！這是我的錯！你為什麼要把他關在樹裡？把我關進去吧……」

——為什麼？身體為什麼沒有力量！這就是所謂「肉身」的限制嗎？為了這種脆弱的肉身，就把朋友賠上？

「你以為是一個小時的問題嗎？」那男子大笑。黑龍從他手中完全脫出，嚴密的將雲中榭的魂魄捆綁在樹心裡面。他走到花鬼面前，用腳尖抬起他的臉，不屑的說：「他之所以定下一個小時的約定，是因為只要在我的地盤上，有人的靈體遷移時間超過一個小時就會被我發現。其實就算遷移一分鐘也一樣，只要被我抓住就是重罪，你難道一點都不知道？」

他不知道！

他完全不知道這是重罪，他只以為是雲中榭想推脫而已！

如果他知道是這麼沉重的懲罰，他是絕對不會這麼做的！

「可是……可是你是誰！你又有什麼資格把他關在那個什麼監禁裡面！」

那人從衣袋中取出一個黑色皮套封裝的證件在他的眼前一晃，「沐風，一級靈體獵人，有審判和執行刑罰的資格。雖然回去以後還要向大法官閣下報告，不過一般我的審判就是最後結果了。」

「可是這不是他的錯！你怎麼敢——」

沐風一隻手指按在他的頭頂，他發現自己居然使不上力氣。

「別著急，你自然也有你的責罰。像你這種情況還不能把你的靈體完全剝離，否則雲中榭的身體就死亡了。嗯……是不是要把你關在重型監獄裡……」

然而就在沐風考慮的時候，忽然花鬼伸過一隻手來，他的眼前便猛地一亮，世界變得一片煞白，然後復歸一片黑暗，好像出現了無數怪異的影子在雜亂的世界裡舞動。雖然花鬼還不能完美的使用雲中榭的力量，但使用他能利用的那一點能力來製造強烈光線還是可以的。

沐風大驚，閉著眼睛向後跳躍了幾次才停下。他看不清楚周圍的一切，但是他知道花鬼已經趁著這段時間逃走了。

「花鬼！」他閉著眼睛怒吼，「你這麼逃走只不過是讓雲中榭的罪又加一等而已！如果你和他一起服刑，半年以後他就可以出來！可你要是逃走的話，他的刑期會被無限期加長，直到你被抓回來為止！花鬼！你聽到沒有！混蛋！」

花鬼沒有聽到這些，他只是覺得自己不能被這個獵人抓住，他現在的力量還不足以和那個什麼靈體監禁抗衡，但是他有辦法在短時間內增加自己的力量，然後把雲中榭從那裡面救出來。

從那之後他就一直潛伏在拜特學院裡，剛開始只是偷吃學生們的力量，力量再大一些之後就明搶。

他一次次悄悄回到自己的海荊花樹下，可是雲中榭都閉著眼睛，魂魄的嘴也被咒術的線封住，不與他做任何交流。

他隔幾天就會去嘗試打開監禁，但是他的力量不夠，不管吃多少人的力量都不夠。

因為他不能搶走他們每個人全部的力量，那樣會殺死那些人，然後雲中榭又會用那種冷笑的眼神看著他，說「我不原諒你」。

他看的書很少，所以不知道「守株待兔」這句話是什麼意思，可是別人明白，誰都知道他一定會回到那裡。

一個月後，他終於被埋伏在那裡的靈異刑警抓住，關進了重型監獄裡面。

他還記得判刑之後，當時審判他的重型大法官要求和他單獨待在一起，並取下一直遮掩著臉龐的頭罩時的樣子。

「看著我的臉，你好好記著。」在記憶中好像一團黑霧似的臉龐，隱藏著異常清晰的殺意，「是我判了你的刑，想報復就找時間來殺我。不過你的錯誤決定讓雲中榭的刑期比之前增加了六十年，所以小心不要再犯錯誤，再犯的話，雲中榭說不定一輩子也出不來了！」

「可是……為什麼是這麼重的罪？只不過是靈體換了地方而已——」

「是啊，只不過是靈體遷移。」大法官又戴回了頭罩，「所以原本只有半年的刑期，可現在變成了六十年六個月，你真的是白痴不成？」

「……！」

「所以沐風警告你了，要你別逃跑，可是你卻逃走了，還用強奪之力襲擊我的幾千名學生。數罪併罰，你說我讓你住六十年夠不夠多？」

「你的學生？你是……？」

大法官好像哼的冷笑起來，不過也許只是哼了一聲。

「我是……拜特，這一屆的靈異法庭重型大法官。拜特學院，我是校長。」

※◆◇◆◇◆◇◆※

眼前，令人暈眩的景物一閃一閃。身體好像飄飄蕩蕩的羽毛，飛起來後就不知道會降落到哪裡。過去的夢境不斷閃現出來又慢慢隱去，痛苦多於快樂，禁錮多於自由。

他果然是做錯了，破壞了諾言的人永遠都不該有好下場。

可是犯了罪的人是他，把身體借給他的雲中樹並沒有錯，所以他要保護這具軀體，保護這個名字，直到把他救出來為止。

然後……至少，要向他道歉吧……

道歉吧……

背部忽然猛地撞到了什麼東西，就好像有誰把他用力扔到了地上一樣。他的身體已經很脆弱，這一撞讓他忍不住劇烈的咳嗽起來。

咳出一口血痰，他勉強清醒了過來。環視四周，他發現自己正在教職員辦公樓的門口。大概是時間太晚的關係，周圍一個人都沒有，遠處的路燈幽幽的亮著，對面一百多層的教學樓上也只有個別的窗口還亮著慘白的燈光。

剛才被拜特管理員吹走的雲層又積聚了回來，按理說應該很暗的，可是他發現自己竟然看得很清楚。因為除了那些燈之外，這裡還有一個東西在發出清明的光。

海荊樹。

教職員辦公樓前的海荊樹。

不知何時就已經在那裡的巨大海荊樹。

來到這所學校之後，他連一棵海荊樹也沒有找到過，有些學生總是抱怨空氣香得嗆人，他也一樣沒有聞到過。那麼這棵海荊樹是從哪裡來的？它是什麼時候……結了這麼多未開的花苞？

夜很靜，靜得能聽見花開的聲音。

一簇花苞伸展開了肢體，輕薄的花瓣互相摩擦發出簌簌的聲響，清淡的香氣四散開來。兩簇花苞開了、三簇花苞開了……滿樹的花苞都開了，張揚綻放的花朵隱隱散發著柔和的淡藍色光線，在這個特別黑暗的夜裡顯得鮮亮而且美麗。

花鬼看著那些綻放的花，看著那些被花朵遮掩的枝條，順著枝幹一直往下看。真正的雲中樹果然就在那棵樹的樹心裡，被十六條黑龍糾纏捆綁著，口被封住，眼睛一眨不眨的看著他。那些海荊花開在他長得很長很長的頭髮上，清淡的香氣一點一點變得濃稠，逐漸讓人呼吸不暢。

正如他猜測的，雲中樹一直在向他發出訊號，讓他知道自己究竟在哪裡。

「就是你過來的時候帶的！這學校的香味是你幹的吧！」

樓厲凡的話又迴響在耳邊，他到現在才明白那是什麼意思。雲中樹不能離開被禁錮的地方，所以只能用花香和在不正常花期開花的辦法與他聯絡，可是所有人都看見了、聞到了，只有他沒有，他明明多次從他身邊經過，卻完全沒有發覺。

他果然是被結界禁錮著，結界阻止了他和所有海荊的交流，所以他才會忘了雲中樹的靈力波動是什麼樣子，才會在四處都是海荊樹的校園裡找不到一棵海荊，在海荊花的味道把校園淹沒的時候聞不到一丁點花香。

花鬼全身都幾乎沒有力量了，但他還是用自己剩下的力氣努力向海荊樹爬了過去。

「對不起……對不起……」一邊爬，他一邊顫抖的低聲說道：「我不該不守諾言，讓你受了三十年的罪，我不該要求你做不該做的事，不該貪圖這副身體，我不該逃走，不該不聽那個叫沐風的人的勸說，不該沒有發現他們加諸在我身上的結界……我不該沒有發現你，不該過了這麼多年才來向你道歉，對不起……請原諒我……對不起……全都是我的錯……但是我一定會救你出來，把我關進去也無所謂，我把這個身體還給你，所有刑罰都由我來承擔，請你原諒我！請你……」

他的聲音好像有魔咒一般，在他的「語言」攻擊之下，一條束縛在雲中榭身體最外側的黑龍忽然鬆開，從樹身上掉了下來，摔成晶亮粉碎的碎片。然後，又一條黑龍掉了下來，第三條黑龍掉下來……

群花碎落，巨大的海荊樹枝逐漸萎縮，封住了口的咒術之線逐一斷裂。

雲中榭的頭髮慢慢的恢復原狀，在樓厲凡和霈林海眼中模糊不清的面容也在黑龍掉下時逐漸清晰起來。那是一張和花鬼的軀殼一模一樣的臉，只有披在肩上的頭髮是淡藍色的，與花鬼黑色的頭髮不同。

花鬼沒有想到他居然如此輕易的脫出了束縛，不由得愣住。

「你……」雲中榭緩緩開口，「一直認為這一切都是你的錯，是不是？」

「……是。」花鬼回答。

最後一條黑龍掉落消失，穿著法袍的雲中榭從被束縛了三十年的樹心裡慢慢走了出來。

「可是，可是你有沒有想過，犯錯的其實不是你？」

「什……麼……？」

「其實，你什麼都不知道。」

花鬼呆滯的與他對視，不知該如何反應。

「你還記不記得你為什麼不想離開樹蔭？」雲中榭邊走邊說，「還記不記得你為什麼認為自己修不出人形？你早就忘了你在那棵樹裡修煉多少年，更不知道自己的能力究竟達到了什麼水準。你不記得認識我之前的事情，也不記得你為什麼待在那裡，更不知道我為什麼會忽然出現在你面前。」

他在花鬼面前單膝跪了下來，低頭道：「你知不知道，這一切是怎麼回事？」

「你到底在說什麼……」

雲中榭笑一下，很淡的，「這一切全都是因為我封住了你部分的記憶，而你現在所知道的所有事情都是我告訴你的，你對我的話，總是深信不疑。」

不好的預感席捲而來，花鬼覺得自己的身體正在沉向冰冷的水底。

※◆◇◆◇◆◇◆※

「麗娜？」

教學研究室內，帕烏麗娜纖細的手指扶著窗櫺，眼神懶懶的看著窗外的兩個人以及枯萎的海荊樹。

「麗娜！」

帕烏麗娜回頭，海深藍一隻手放在她背上，擔心的看著她。

「妳沒事吧？麗娜？」

帕烏麗娜搖搖頭，又看向外面。

「其實我早就知道了……當初他接近我，刻意經常帶我到那棵海荊樹下的目的是什麼。但是我一直都沒有說出來。」帕烏麗娜將額頭靠在手背上，說道：「因為我知道他是真的逐漸喜歡上我，但是——」

※◆◇◆◇◆◇◆※

「你不是花鬼，而是上千年的胡楊木鬼。」

雲中榭的手放在他的頭頂上，暖暖的淡藍色光籠罩了他的全身，他身上的傷痕和血跡慢慢的在光芒中溶化、消失。

「你以魂魄的形態在不死的胡楊木中修煉了千年，卻又糊塗又愚蠢，是我把你從裡面拉出來，掃清你以前所有的記憶，把你放在那棵海荊樹裡，然後在周圍設下結界，除了我之外，任何人都無法接近你。」

花鬼不敢置信的張大了眼睛，雙手深深的插入泥土之中。

「你很蠢，蠢得要命。我告訴你不能離開樹蔭，你就真的不離開樹蔭，我告訴你修不出人形，你就真的不嘗試凝結人形。你從來不懷疑為什麼永遠都只有我出現在你面前，也從來沒有想過為什麼每次小P都不與你說話，從不懷疑我和你是朋友，更是從來沒有想過我接近你的真正目的。」

「你的目的……」花鬼——或許也可以稱為木鬼——的臉，惶惑、悲痛、憤怒、疑惑，攪成一團，均勻的分布在他的表情之中，「你的目的究竟是……」

「你的力量。」

※◆◇◆◇◆◇◆※

「但是，我沒有想到，對他來說，居然還是力量更重要。」帕烏麗娜說道。

※◆◇◆◇◆◇◆※

「我要的，就是你修煉了千年的力量。」

花鬼的手指從地上抓起了厚厚的泥土，泥土中的碎石劃得他的雙手鮮血淋漓。

「我把你從胡楊木中拉出來的時候用了點技巧，讓你把自己所有的修為帶給了那棵海荊樹，然後我們在交換時，你把你大部分的力量留在海荊樹上，只帶了很少的修為去投奔我的軀殼，當我進入海荊時，這一切就都是我的了。不過，如果胡楊木不是你的本體，我可以直接占用的話，也就不用這麼麻煩了。」

「……！」

說那些話的時候，雲中榭的表情一直都沒有變過，就好像已經無所畏懼，不怕花鬼的憤怒，也不怕他追究。只是手依然放在花鬼的頭頂上，淡藍色的光持續不斷的為他療傷，鮮血淋漓的雙手一次次劃破，又一次次被修復。

「那……你……為什麼……要……告訴……我……」

雲中榭沉默了一會兒，才又繼續說道：「我知道你一定會超出時間，你會因為貪戀這具身體而毀掉自己的諾言。你以為我們沒有用言字契約，可是其實我用了，所以只要超過一個小時，我就可以不用和你換回來了。」

※◆◇◆◇◆◇◆※

「那天他回到我那裡，告訴我說，他的目的馬上就要達到了，然後他要離開一段時間，最多半年或一年，然後我們就可以結婚……」帕烏麗娜閉上眼睛，「可我沒想到，這一等就是三十年，說不定還要等下去……」

※◆◇◆◇◆◇◆※

「可是我沒有想到那天值班的靈體獵人還在附近，居然發現了我和你交換的事，所以我不得不把並非事實的『事實』告訴他，他囚禁了我，然後你出現……你以為我當時在對你發怒嗎？我沒有。我看著你的時候是在對你的潛意識下暗示，讓你逃走，否則像你那時候那麼溫順的性格，又怎麼會違抗靈體獵人？」

「這……這一切都是你計畫好的……」

「可是我沒有想到我下的暗示這麼強烈，這麼多年裡你都無時無刻在想著如何逃走，典獄長向重型大法官投訴，他居然這麼輕易就把你弄回來了……」

「可是你為什麼叫我？」花鬼問，雲中榭愣了一下，「我分明聽到你在叫我，卻不知道你在哪裡……你在叫我……為什麼！既然只是想得到我的修為，現在你已經得到了，為什麼還要叫我？為什麼告訴我這些？為什麼讓我知道？如果你不說出來就不會有人知道，你就可以心安理得的拿走我的修為，就像我占用你的身體一樣。甚至還可以讓我對你感恩戴德，一輩子都對你懷著愧疚！這樣不好嗎？為什麼你要告訴我？」

雲中榭笑了笑，放開了放在他頭頂的手。

※◆◇◆◇◆◇◆※

「我知道這不是花鬼的錯，要搶力量的是中樹，不是他，他只是受不了誘惑而想要那具軀殼而已。可是我還是忍不住討厭他，誰讓他有那麼強大的力量卻蠢得像豬一樣！害得中樹追逐他的力量追逐了那麼多年，又增加了六十年的刑期！雖然對我們來說六十年不算什麼，但是……全都是他的錯！」帕烏麗娜握緊了拳頭。

※◆◇◆◇◆◇◆※

「那你又為什麼要回來呢？我的暗示在這麼長的時間裡，不可能仍然維持那麼強大的力量吧？你有很大程度上是自己想回來的，為什麼？」

「因為……」花鬼說：「因為我對你感到愧疚，我想向你道歉——」

「是嗎？那麼，我也是。」

周圍變得異常寧靜，花鬼的嘴好像忘記了閉合一樣微微張著。

「我也是。」雲中樹說：「不是只有你會感到愧疚，我也是。」

他把花鬼從地上扶起來，用好像嘆息的聲音說：「我利用了你，搶奪了你的東西，但是你卻對我感到愧疚萬分，甚至不惜去強奪別人的力量，不惜在監獄中一次又一次冒著生命危險逃走，只是因為我對你的暗示誤導，為了有一天能把我從靈體監禁裡救出來。我不是真的完全沒心沒肺，至少我們曾經是朋友，我不能看著你為了我這種『朋友』去拚命啊……」

※◆◇◆◇◆◇◆※

霈林海呻吟一聲，覺得自己的腦袋疼得好像就要裂開了。他勉強張開了眼睛，努力撐著身體想坐起來，卻覺得身上好像有一個什麼很重的東西。他忍著頭疼，低頭看……

「啊啊啊啊啊啊啊啊啊啊啊啊啊啊──！」

保健室裡，霈林海被隨便的丟在地上，樓厲凡以很彆扭的姿勢躺在他身邊，而天瑾……天瑾被橫著扔在他們兩個人的身上，如果沒有那點微弱的呼吸的話，別人大概會以為她已經死了。

「把你的聲音給我放小一點……該死……」

說話的是樓厲凡，霈林海超高的男高音慘叫讓他想繼續昏迷都做不到。

「可是……可是……」

樓厲凡想坐起來，卻發現身上好像壓了一個什麼東西，低頭看去……

三秒之後──

「……她躺在我的肚子上幹什麼？」

「……」

樓厲凡和霈林海的記憶只到雷擊下來為止，大概是昏過去了吧。在那之後發生了什麼事呢？他們完全不知道。

不過，照他們躺在保健室裡的情況來看，八成是校醫親自把他們弄回來的，因為除了他之外，普通人絕不可能把傷患隨意扔到地上就走掉。

樓厲凡按了按自己的胸口，發現之前因為強行使用魔化而導致疼痛的部位已經不痛了，被那個雲中榭踢到的地方也沒有受傷的感覺，於是更確定了這一點。他也同時想到，既然如此，會把天瑾扔在他們肚子上的行為應該也是校醫幹的了。

兩人爬起來，合力將天瑾抬到床上。

他們兩人的臉色很蒼白，但是天瑾的臉色比他們的更白，樓厲凡把自己的手放在她的手邊，發現她的皮膚幾乎已經白得沒有顏色了。

儘管如此，樓厲凡知道她已經沒有生命危險，這樣的情況應該是被強奪力量後的虛弱造成的，只要休息一段時間就好。

樓厲凡抬頭看了一眼霈林海，他從把天瑾抬上床之後就一直坐在校醫的椅子裡，不斷的揉著太陽穴和額頭。

「霈林海？你怎麼了？頭疼嗎？」

「不知道怎麼回事……」霈林海近乎呻吟的說道：「我的頭很疼……就好像有人在我腦子裡攪一樣……」

——是因為被吸收掉太多的能量嗎？

樓厲凡這麼猜測著走到他身邊，想看一下他究竟丟失了多少能量。然而，就在他剛剛把手放在霈林海的頭頂上時，一股強烈的能量從霈林海頭頂的靈匯穴猛衝了上來，樓厲凡只覺得手腕一麻，竟被衝得向後大退幾步，最後坐倒在地。

「厲……厲凡？你怎麼了？」霈林海顧不上頭疼，慌忙上前想扶起他，「是不是還有後遺症？難道被我的雷打到了……」

他的手剛一伸出去，樓厲凡就抱著自己的手腕躲開了些。

「……厲凡？」

「你的力量怎麼回事？」

「咦？」

樓厲凡指指他的頭，語氣很生硬，「那裡，有強烈的能量洩漏。」

「啊？能量？」霈林海自己摸摸額頭，什麼都沒感覺到，「哪裡的能量？什麼能量？」

「……」

第5章 你能原諒我嗎？

校醫推門而入，看到保健室內的情景，微微一訝。

「哦，你們在玩求婚遊戲嗎？」

一個坐在地上、一個跪在對方面前的兩人同時吼道：「胡說八道！」

校醫無所謂的聳肩，走到霈林海身邊拍拍他的腦殼，「起來，你剛被吃了不少能量，現在頭應該很疼吧？快求我幫你止痛。」

「誰求你止痛……」話沒說完，霈林海就抱著頭倒臥在地上，「疼……」

「怎麼？疼得很厲害嗎？霈——」

樓厲凡的手剛剛接觸他肩頭，他肩背部的趨奉穴又有一股比之前更加強烈的能量衝出，樓厲凡被這股衝力撞得向後飛起，接著撞倒一輛治療車，然後重重的撞上牆壁。牆壁被他撞出一個凹痕，他險些又吐出一口血來。

校醫的臉變了一下。

霈林海沒有感覺到自己體內力量的流竄，只知道樓厲凡又飛了，而原因八成還是自己，不禁大驚。他慌忙的從地上爬起，想把委頓在牆根處的樓厲凡扶起來，但卻被樓厲凡再次惡狠狠的甩開。

「厲……厲凡……我到底又做了什麼……」

「問——你——自——己！」說完，樓厲凡惱怒的轉向校醫，「你！你剛才明明也碰到他的頭頂了，為什麼沒事！」

校醫上下視察著霈林海的全身，右手托著下巴好像在思考什麼，一會兒後訕笑起來。他走到霈林海身後，忽然伸手在他的頭上和背上亂拍一氣。

霈林海抱頭閃躲，「幹什麼幹什麼你幹什麼！」

拍完，校醫笑著向樓厲凡一攤手，「喏，我把他全身都摸了，我還是沒有被彈出去。」

「……」樓厲凡真想砍爛他的臉，「你什麼意思？」

「我的意思就是……」校醫嘿嘿一笑，蹲下，目光與他平視，「霈林海的能量現在只對你一個人有反應。」

「……！」

「也就是他的能力只會向你發出攻擊，對別人——」他指一下自己，「卻是沒有的。」

樓厲凡大怒。

霈林海大驚失色。

「霈林海你居然故意攻擊我！」

「不是我的錯！我不知道啊啊啊啊啊——」

※◆◇◆◇◆◇◆※

「你是……騙我的，是吧？」

「用這種話騙你，你能給我多少好處？」

花鬼愣了許久，在雲中榭幾乎以為他變成了雕像之時忽然一拳揮出——在沒有受到任何阻礙的情況下擊中腹部，被擊中的人抱著腹部蹲了下來。

「幾十年不見……你的能力……好像增加了不少……」額頭上帶著細密的汗珠，雲中樹勉強笑著說。

花鬼將手伸到雲中樹的面前，手心亮給他看。他的手心中有一團如同銀河星系般璀璨漂亮的淡淡光霧，那是大量能量壓縮之後的結晶。

「你要力量是不是？這就是力量。」

花鬼對雲中樹低聲怒吼著。

「我擁有誰也沒有的強奪之力，只要我想，我隨時都有力量。你想要我的力量為什麼不告訴我？我只要這副軀殼就好，其他的什麼都不要，什麼都給你！你為什麼要這麼做？我三十年來拚命從他人身上收集力量，不管是和我同在監獄的犯人也好，或者看管我們的獄警也好……我那麼努力，就是因為我內疚，我想把你救出來，這樣我們就誰也不欠誰的了！可是你為什麼要告訴我這一切！」

雲中榭不由得愣住。

就在他愣神之間，花鬼身後的教職員辦公樓忽然發出一聲震天巨響，某樣「物體」伴著爆炸的飛砂走石襲來。

面對著爆炸地點的雲中榭一眼望見襲來的「物體」，轉手將花鬼往身後一拉一推，花鬼倒在他的身後，他卻被那「物體」撞了個正著。

不過所幸那「物體」的衝撞力不算太大，他只是被撞得微微一晃，那「物體」卻在撞上他身體後又彈到地上，嘔起血來。

……等一下，嘔血？

「物體」會嘔血嗎？

雲中樹低頭疑惑的查看撞到他的「物體」——不，是人——的臉。

「樓厲凡……？」

樓厲凡面朝下趴在地上，嘔血嘔得已經來不及和任何人打招呼了。

辦公樓一樓東南側的方位被力量衝撞出了一個三人多高的大缺口，露出了保健室的各種醫療器械。

校醫站在原地一動不動，霈林海慌慌張張從未全斷的牆內爬出來，跑到樓厲凡身邊，剛伸出手，又立刻縮回去，好像很怕碰到他。

「厲……厲凡，你怎麼樣？」

樓厲凡的血還沒有嘔完，沒時間回答。

雲中樹看看樓厲凡滿是鮮血的臉和手，忽然眉頭一皺，好像想起了什麼，向樓厲凡的後背伸出了手去。

霈林海立即用手擋住他。

「不要接近他！雲中樹你這個混蛋！居然用我的力量去攻擊他——咦？」話說到一半才遲鈍的發現自己面前站了兩個不同髮色的「雲中樹」，霈林海伸出的手僵住了，「呃……我是說雲中樹，你們誰是……？」

淡藍髮色的雲中榭嘆息一聲，站在花鬼前面將霈林海的手撥開。

「你再這樣，你的朋友就真的要吐血吐死了。」

「喂！你別碰他——我不知道你是好人還是壞人！誰知道你會不會又強奪他的力量！」

「我沒有強奪之力。」雲中榭說。

「……啊？」

「雲中榭。」花鬼說，「你想對他幹什麼？」

「不是壞事。」雲中榭回答。

霈林海還想反抗，看起來絕不會出手的花鬼卻一伸手——他的眼前像是出現了一面看不見的牆壁，居然讓他一步也不得前行。

雲中榭蹲下身體，將手放在樓厲凡的背上，淡藍色光霧從他的全身凝聚至右手部位，送入樓厲凡體內。在光霧的圍繞流動之下，樓厲凡嘔了幾口鮮血之後就不再吐了，只是有些乾咳，喘息著說不出話來。

過了好一會兒，雲中榭收回右手。

樓厲凡擦去嘴角的血痕，慢慢站了起來。剛才他又忘記了霈林海的力量只對自己有反應的事，在大肆揍霈林海時不小心打到他的穴位，便被比之前更強的力量撞了出來。

那一撞可不輕，他瞬間被炸出了保健室，現在是頭暈眼花、耳朵嗡嗡直響，再加上嘔血不斷，他沒時間去管自己的身邊到底有誰在。當有人把手放在他的背為他治療的時候，他以為那是校醫，卻沒想到治好後一抬頭，看到的臉讓他吃了一驚。

「雲中……榭？」

雲中榭微微一笑。

「在靈體監禁裡的時候，謝謝你為我傳遞訊息。」

樓厲凡愣了一下，眼前閃過那個被黑龍束縛的人。

「原來你就是那個監禁裡的——」

樓、霈二人同時看向海莿樹，卻再次愣住。

擁有巨大樹冠和無數花簇的海莿樹不見了，剩下的只有一棵看起來燒焦了很久的樹樁，原本被擠得滿滿的空間在此時看來異常寂寥。

「其實在前幾年，這棵海莿樹就被雷劈死了。」雲中榭說，「只是因為我還不能離開，所以一直用自己的力量維持它剩下的生命。現在我離開了，它自然變回了原來的樣子。」

樓厲凡和霈林海現在知道自己為什麼覺得好像見過他了。雖然當時他的面容因為監禁封印的關係而模糊不清，但他們畢竟還是看到了一些——原來，他的容貌和轉學生一模一樣！可惜他們當時只是覺得熟悉，並沒有想起那個轉學生。

「你們兩個……是兄弟？」

雲中榭笑了笑，低下頭。

花鬼開口，聲音慢慢的從他口中發出：「……算……是吧。」

他們當然不是兄弟，可是雲中榭用的是花鬼的力量維持自己現在這個身體的外貌，而花鬼在用雲中榭的外殼維持靈體的力量，因此他們兩個多多少少也算沾了一些關係。

聽到花鬼這麼說，雲中榭一愣。

遠遠觀望的校醫一揮手，管理員拜特半透明的身影浮現在他的面前。

「知道了吧？」

「……嗯。」

「和他父母聯絡一下。」

「知道了。」

「……怎麼還不走？」

「你為什麼要幫雲中榭？」管理員問。

校醫一挑眉毛，「我沒有要幫雲中榭，只是花鬼三十年前在這所學校裡吃掉我近千學生能力的事情讓我很惱火，妳明白嗎？」

管理員聳了聳肩，「不明白，我看我們之間應該再多瞭解一點才對。」

「我們是不同的人格，到死也不會互相理解的。快去吧，拜託妳了。」

「嗯。」

※◆◇◆◇◆◇◆※

帕烏麗娜離開窗口，走到海深藍的辦公桌邊，屁股一抬坐了上去，一雙美腿在裙子下面前後微微搖晃。

海深藍坐在自己的辦公桌後方，用探究的目光看著她。

「喂……麗娜。」

「嗯？」

「妳為什麼要打傷花鬼？他已經很可憐了，先是被妳的未婚夫騙，然後又被妳無緣無故打傷……」

「誰說我是無緣無故的？那個叫沐風的靈體獵人設下的禁止結界太厲害，不打傷他怎麼讓他脫離結界？再等三十年讓他自己脫離嗎？」

「說得冠冕堂皇，其實妳只是想報復而已吧？」

「……沒有那回事。」不算斬釘截鐵的回答。

第6章
情侶之間＝強奪之間？

根據《靈體遷移法》，花鬼既然救出雲中榭，那麼雲中榭就恢復了自由之身，不必再繼續剩下的懲罰。然而，雲中榭恢復無罪的自由之身，不表示花鬼也能一起恢復。

他六十年的刑期是由於強奪他人能力所致，和靈體遷移無關，因此必須在拜特學院中接受他後三十年的刑期。不過對其他學生來說，他還是那個不用上課的奇怪轉學生，沒有人知道他帶罪的身分。

雲中榭三十年前被監禁的時候正在這所學院中上研究生的課程，被監禁之後課程自然就停止了。為了繼續學業，他向學校提出申請，要求繼續自己學生的身分。而在帕烏麗娜的幫助下，他很快獲得了批准。

之後不知道他用了什麼手段，居然得到了契約看守許可，獲准看守花鬼，並與花鬼共用一間寢室。

得到契約看守許可後，只要他在身邊，花鬼身上的二級言字契約便可以得到暫時性的解除，算是打開花鬼束縛的一把替代鑰匙。可是對於這一點，花鬼是怎麼想的就沒人知道了，不過必定是很不甘心的吧。

看起來似乎會發展得很大的事件解決了。當然，解決得並不那麼輕鬆，而且還有點後遺症——主要是指針對霈林海和樓厲凡而言。不過不管怎樣，那位轉學生應該不會再對他同一棟宿舍樓的人做什麼了，所以天瑾也在身體恢復之後從保健室直接回到了自己的寢室。

房間裡沒有了那個陰沉的女人，按理說 333 號房剩下的兩人應該過得比之前舒服才對。但很可惜，那只是不可能的奢望罷了。

霈林海對樓厲凡的反應變得越來越強烈，剛開始樓厲凡只是會因為碰到他的靈能穴位而被彈出去，現在已經逐漸發展到樓厲凡剛走到他身體周圍一公尺之內就會覺得身體刺痛，半公尺之內馬上被彈飛。

更何況從霈林海身上洩漏出來的似乎是強力的魔氣，讓他煩躁不已——可除了他之外卻沒人發現這一點，這到底是怎麼回事？

「你到底用了什麼鬼辦法！是不想特訓是吧！」樓厲凡怒吼，外加一把水果刀。

水果刀緊貼著霈林海的頭頂插入他身後的牆內，霈林海滿頭冷汗的貼著牆壁慢慢滑到了牆根。看來連水果刀都不受他力量的影響，那樓厲凡是怎麼回事？

「不、不……我不知道啊……」他已經快哭出來了。他能有什麼鬼辦法？他敢有什麼鬼辦法？樓厲凡雖然不能碰他，但想殺死他還是很簡單——比如這一手飛刀技術。

不過，痛苦的不只是樓厲凡而已，霈林海也逐漸開始感受到體內一股奇怪的力量波動，他努力壓制卻沒有效果，只能任由它在自己體內亂竄。之前原本認為是由於強奪之力而導致的頭痛似乎也不是那麼簡單，在能量自行補充回去之後，他的頭依然很疼，疼得發脹，就像有什麼東西在他的腦子裡上竄下跳想衝出來一樣。

他們很想就這個問題問問校醫，但不知道怎麼回事，校醫這幾天總是不在，也看不到管理員拜特的蹤影，不明白他們到底在忙什麼。

只有那個滿身蒙著黑布的變態時不時在他們眼前晃一晃，可他們一點也不想找他為自己解決問題，讓他解決只會讓問題變得更大而已。

樓厲凡大發脾氣的聲音，住在左右隔壁的同學們都聽到了，可惜從來都沒人敢為霈林海說句公道話。這次也一樣，羅天舞他們四個始終裝作沒聽見的樣子，就算被吵死也堅決不去勸那個樓厲凡。

不過，這次用不著他們勸，有別人會主動幫他們解決。

「篤篤篤。」

樓厲凡抓了一大把軍刀、指甲刀、刮鬍刀什麼的，準備一把一把扔到霈林海頭上去，卻不料只扔了一把水果刀就有人來打擾了。

他用軍刀指了一下門，「去，開門。」

霈林海慌慌張張的爬起來跑到門口去開門。只見門外站著那兩個好像雙胞胎兄弟一樣的人——也許不是人。

樓厲凡從天瑾那裡勉強知道了雲中榭和花鬼的事情，他對於花鬼的身體——或者說是雲中榭的軀體——直到三十年後的現在依然保持當時的年輕狀態這一點很感興趣。

這兩個人的身分實在有點怪異，似乎都不是人類、也不是妖怪，不知道是否有其他什麼內幕在裡面。然而儘管好奇，他卻從來沒有主動和他們兩個聯絡過。話說回來，其實以樓厲凡的性格來說，他也根本很少主動與別人接近。

看見門外的不速之客，霈林海有些發愣，問道：「兩位……有事？」

雲中榭將一張紙舉在他面前，「是麗娜讓我們來幫忙的。」

那張紙上有「特別進入許可」幾個字，並有副校長的印章。

花鬼本身是囚犯，不能在沒有許可的情況下進入他人的房間，如果一定要進入的話，他和他的看守人就必須有監視者的許可。

「幫忙？」霈林海一頭霧水，心想這幾天似乎沒有大掃除的任務……

「霈林海，讓他們進來。」樓厲凡說道。

霈林海立刻讓開位置讓那兩個人進入。

樓厲凡從椅子中站起來，盯著那兩個人。他們的來意，他已經猜出個大概了。霈林海的問題他不止一次向副校長提過，可是每次帕烏麗娜都回答得模模糊糊，就好像有什麼難言之隱一樣。這個真正叫做雲中榭的人似乎和帕烏麗娜有什麼很親近的關係，既然他找上門來，八成就是為了那個了。

「你們這次來，是為了霈林海的事吧？」他問。

「沒錯。」雲中榭回答。

果然如此。

「請坐。」既然是為了這件事，那就不能怠慢。無論之前花鬼做過什麼，無論霈林海現在的狀況是不是因為花鬼，畢竟過去的事情已經過去了，重要的是以後。

花鬼坐在書桌前樓厲凡剛坐過的椅子上，樓厲凡坐在自己的床上，霈林海忙著找杯子為兩位客人倒茶。不過雲中榭卻沒有坐下，而是在房間裡走來走去，目光四處巡視，似乎在找什麼。

「怎麼？我們房間裡有什麼東西嗎？」看他轉了好一會兒也沒有出聲，樓厲凡有點忍不住問道。

雲中榭在房間中央站定，說道：「你知道這個房間是做什麼用的嗎？」

「情侶之間。」樓厲凡有些憤怒的回答。他是來調侃他們的嗎？

不過，出乎他的意料，雲中榭的臉上卻露出了疑惑的神情，「情侶之間？這裡什麼時候改名叫做情侶之間的？」

「？」難道不是嗎？「從我們到這所學校……不，好像從我姐姐在這裡上學的時候就已經被叫做情侶之間了。」

雲中榭好像相當吃驚，用手托著下巴想了許久才道：「奇怪，這裡的大咒式圈並沒有改變，但是為什麼會變成情侶之間？」

他說到大咒式圈，樓厲凡立刻想到了那個強迫他和霈林海接吻（未遂）的大咒式圈。這麼說雲中榭的確知道這個房間的秘密，可是為什麼他要這麼問？難道……

「這裡難道原本不叫情侶之間？」

「嗯……應該說它原本是沒有名字的。」雲中榭接過霈林海遞給他的水杯，道了聲謝，說道：「即使要有名字，也應該被稱為『強奪之間』才對。」

霈林海遞水給花鬼的手一滑，杯子脫手掉落。花鬼眼疾手快的在杯子還未落地之前接到了手裡。

「強奪之間……？」樓厲凡唸著這個與「情侶之間」完全南轅北轍的名字，一種怪異的感覺湧上心頭。

雲中榭向前平舉手中的水杯，然後手腕忽地向下一沉，在空中畫出一個螺旋似的圈，杯中的茶水居然就在半空中凝結了起來，連成一個不規則的圈。

這個圈在半空中以很慢的速度回轉，慢慢形成了一個袖珍型的大咒式圈，正和樓厲凡他們在破除情侶之間的詛咒時所看到的那個一模一樣！

「這個大咒式圈——」

「這是我做的大咒式圈。」雲中榭說。

樓厲凡張了張嘴，沒說出話來。

霈林海指著那個大咒式圈顫抖的問道：「這個……就是這個……讓這個房間變成被詛咒的情侶之間的嗎？」

「我說了這裡不是情侶之間。」雲中榭有點為難的笑著說，「所以這個大咒式圈也不是為了情侶使用的，而是強奪……」

強奪！

樓厲凡和霈林海同時看向坐在椅子上一直沒開口的花鬼。

雲中榭知道他們在想什麼，搖搖頭道：「不，不是他強奪別人的力量，是我想強奪他的力量，所以才設計那個大咒式圈。」

樓厲凡只是聽天瑾說雲中榭不值得花鬼為他拚命三十年，但究竟是怎麼回事卻不清楚。他和霈林海站在雲中榭和花鬼中間，先看一眼雲中榭，又看一眼花鬼，花鬼只是把頭轉到一邊，看也不看他一眼。

雲中榭一指那水柱形成的袖珍型大咒式圈，水自動回到了杯中，一滴也沒有灑落出來。

「今天我們來，主要是為了解決霈林海的問題。」雲中榭說道，「我們的事有些曲折，就不為你們說明了，可以嗎？」

「當然。」樓厲凡很快的回答。他們又不是他的什麼人，他們之間的關係糾葛什麼的和他也沒有關係，他幹什麼管那麼多。

「不過很奇怪。」雲中榭退了一步，然後繞著他剛才站的地方轉了一圈，說：「之前應該有人用另外的咒術把它封閉了好幾層，可是為什麼全部都被打開了呢？」

「咦？」

「你知不知道為什麼最近霈林海的力量對你的反應越來越大？」

樓厲凡看了霈林海一眼，霈林海感覺到他眼睛裡的殺氣，忍不住抖了一下。

「……我不知道。」

「那是因為他被你拒絕了。」

「？」從大咒式圈到力量反應到拒絕，他到底想說什麼？

雲中榭喝一口杯中已經冰冷的茶水，往地上一噴，口中唸誦著奇怪的咒語，地面上被他的水噴過的地方隱隱浮現出了金色和銀色的咒式，是那個大咒式圈的模樣。

「你看，大咒式圈現在是這個樣子的。」

樓厲凡點頭，「嗯，我們見過。就是這樣。」

雲中榭的眼中有奇異的光線閃過，「你們見過？」

樓厲凡將姐姐們半強迫的教他們破解這個大咒式圈的事情大致說了，只略過了自己險些和霈林海接吻的恐怖事情。

「原來是你們破解了最後的封印……」雲中榭苦笑，「自從我被監禁後，就有人在我的大咒式圈上又加了幾層封印，讓我的大咒式圈無法發揮正常作用。可是它卻被打開了……」

樓厲凡想想姐姐們的話，忽然覺得一陣頭暈。

他想起姐姐們住在這裡時解除的封印，還有他不知道的學長們解除的封印，還有他和霈林海……難道他和霈林海就這麼倒楣是最後一個……

看著他的樣子，雲中榭不禁失笑。

「沒事的，我這個大咒式圈的作用只是將力量從能力較高的人身上轉移到能力較低的人身上罷了，你的能量不如霈林海，只有你搶他的力量，他不可能對你造成傷害的。」

樓厲凡鬆了口氣，然後他用從來沒有過的溫柔眼神看向霈林海，一雙眼睛不知為何忽然亮得可疑。

霈林海貼著牆壁，覺得自己比剛才更冷了。

「所以這就是你最近總是被霈林海彈開的原因。」雲中榭似乎沒有看到他們那邊的暗潮洶湧，繼續說道：「似乎是上次花鬼強奪霈林海的力量而讓他發生了某些變化，讓原本已經影響你們很久的大咒式圈被完全啟動了。如果按照正常程序的話，一旦霈林海碰到你，那麼他的力量就會通過任何靈能穴位全部傳給你，一直傳到死為止。但是不知道為什麼你的穴位卻對他的能量發出了拒絕指令，所以你才會被彈出去——簡單的說，你不是被他彈出去的，而是被你自己。」

——原來如此……難怪霈林海的力量對別人的觸碰沒有反應……

樓厲凡稍微呆了一下，轉念一想，頓時心中很不是滋味。明明有這麼好的強奪機會，為什麼身體會自動拒絕……

霈林海知道樓厲凡在想什麼，他看看門口，那方位怎麼看也不像是能讓他一下子就逃走的出口。

「很完美的大咒式圈。」一直沒有說話的花鬼卻忽然站了起來，盯著雲中樹的眼睛冷淡的說道：「即使是我也只有束手就擒的分，你可以很輕鬆的在這裡把我的力量全部吸走，一直吸到我死。為什麼不做？」

雲中樹的手微微一抖，塑鋼水杯掉在地上，水從傾倒的杯口中爭先恐後的湧了出來，潑灑在隱現的大咒式圈上，上面用金粉和銀粉鑲嵌的幾百個咒式閃現出七彩絢麗的光華。

「所以……所以……」雲中樹好像變得結巴了，「所以只要解除你們上次的封……不，我是說，只要解除強奪用的大咒式圈……」

「我現在在問你問題！為什麼不回答！」

雲中樹咬了幾次牙，似乎妄圖躲避他的問題，「只要解除這個大咒式圈就可以讓霈林海恢復正常，當然，如果你想找出你的身體為什麼拒絕他的能量的原因也可以……」

花鬼手中的茶杯飛向雲中樹，雲中樹站著一動不動，杯子卻沒有碰到他，而是擦過他的頭髮扔到了他身後的書架上。

那是霈林海的書架，上面的書被水潑了個透濕。霈林海想張口抗議一句什麼，卻終究忍著沒開口，畢竟氣頭上的人不好惹……

「雲中榭！如果你用這個方法搶走我的力量我恐怕還不會這麼討厭你！可是你為什麼要用那種方法！騙得我的信任之後才把我的力量搶走！你為什麼一定要這麼做！」

「我為什麼要這麼做！」雲中榭終於惱怒起來，和花鬼對吼道：「因為這個大咒式圈是會殺人的！你只不過是個擁有小小力量的胡楊木鬼，我搶了你全部的力量你就會魂飛魄散！我為什麼要把你關在海荊樹裡等七十年的時間？就是為了讓你心甘情願的把力量透過軀體交換換給我！這樣我得到了力量，你也不用魂飛魄散！我就是這麼無恥！你滿意了？」

房間裡頓時陷入一片死寂。

不同於雲中榭和花鬼兩人的沉默，樓厲凡和霈林海想的卻是雲中榭等花鬼的力量等了七十年，那他現在該是多大年紀？難道是妖怪……不過為什麼沒有妖氣……

花鬼慢慢的坐了回去，眼簾下垂，不知道在想什麼。

雲中榭向地面張開手掌，原本有著淡色花紋的乳白色地板忽然變成了黑色，沒有反光，就好像下面有一個不見底的深淵，房間裡的所有人和物都虛空的懸在這深淵之上一般。

「我造成的結果，我自己擺平。」雲中榭低頭看著深不見底的黑色，用平靜得有點讓人心驚的聲音說：「你們可以跟我一起下去看一看，不過如果你們沒有興趣的話就算了……」

「我要下去。」樓厲凡立刻回答。他一定要好好看看那個罕見的大咒式圈，說不定以後還用得著……

霈林海想搖頭，卻發現樓厲凡用狠厲的目光盯著他，他立刻就妥協了，「我……我……我也去……」

雲中榭彷彿知道花鬼不會有回答，手腕一轉，他們三人便向黑暗的深淵迅速降落了下去。然而，他們剛剛降落了一段距離，樓厲凡一抬頭，發現花鬼也跳了下來，不遠不近的在他們頭頂上十公尺左右的地方跟著。

原本就不太融洽的氣氛變得更加尷尬，幾個人專心的看著自己腳下，好像黑不見底的深淵之中會生出美女來一樣。

※◆◇◆◇◆◇◆※

下墜的時間太長了，氣氛這麼尷尬下去也不是辦法，霈林海不得不想辦法轉換一下這種沉默的氣氛。他輕輕的咳嗽了一聲，問道：「呃……你說你這個大咒式圈上被人加了另外的封印，讓你的咒式不能順利的發揮作用……嗯……難道加了封印以後，這個大咒式圈就真的變成情侶咒式了嗎？」

「當然不是。」雲中榭笑了笑，凝固的氣氛稍微鬆懈了一些，「我不知道情侶之間這個名字是哪來的，不過我知道我這個大咒式圈再怎麼改也不會變成情侶咒式。應該是有人在這裡又加了其他的咒術……對了，樓厲凡剛才說你們在解大咒式圈之前，在一條很長、很奇怪的通道裡走了不少時間是嗎？」

霈林海點頭，回道：「沒錯，那裡的時間還會停止和倒退。」

「哦……」雲中榭低下頭，像是在思考什麼，「你們在那裡沒有遇見其他的事情嗎？」

霈林海想一想，再回道：「有，那裡有不少機關……」

樓厲凡看著他們兩人，覺得有些奇怪。他們明明就在自己的身邊，說話的聲音卻越來越小，就好像他們之間隔了一道牆似的，他逐漸聽不清楚他們到底在說什麼了。

他嘗試著伸出手，想看看自己是不是出現了幻覺。然而，他才剛剛抬起手臂，身體卻猛地一沉，原本以平穩速度下降的他竟以高速向下墜落而去。與此同時，他發現自己甚至無法開口，連救命也喊不出來。

和雲中榭說話的霈林海忽然覺得身邊一空，轉頭便發現剛才還和他、雲中榭呈三角位置站立的樓厲凡不見了！

他立刻低頭尋找，果然，樓厲凡正在他們腳下以他們無法追趕的高速降落。

「厲凡——！」霈林海大驚，腦中卻閃現出上次解除情侶之間詛咒時，樓厲凡掉落到那黑暗的虛空中時的情景。就在他的一念之間，他左手上又出現了那條紅色的線，向不斷墜落的樓厲凡的方向延伸下去。

鬆弛的紅線驟然繃緊，霈林海知道自己拉住他了，這才鬆了口氣。

樓厲凡在紅線的另一端晃來晃去，左手由於懸吊的關係被弄得很疼。他莫名其妙的看著手腕上這條忽然出現的奇怪紅線，怎麼也想不出它究竟是哪裡來的。

「厲凡！你沒事吧！」霈林海遠遠的叫喚道。

「我沒事！」樓厲凡回答，「你這哪裡來的紅線？」啊，他能動了，也能說話了。

「……」

半天沒等到回應的樓厲凡又問：「我在問你呢！你這紅線哪來的？」上次他被拉回來的時候速度太快，根本什麼都沒看清楚就回來了，所以根本不知道自己以前被這條紅線救過。

霈林海哪裡敢回答他，只能閉著嘴，裝作沒有聽見他的問話。

不過，雖然樓厲凡不清楚，可雲中榭卻是識貨的。他看著霈林海手腕上的紅線，露出了怪異的表情。

「你這個是……紅線？！」

「是……是啊……」霈林海汗都下來了。

「你知道這是幹什麼用的嗎？」

霈林海死命搖頭。他知道……他怎麼敢知道啊！上次這紅線消失，他以為就沒事了，也沒去查它到底是什麼。沒想到這次又出現……

「這是……」

「這是姻緣線。」在他們頭頂上平穩降落的花鬼忽然開口說道。

霈林海被這句話一箭穿心！

「姻……姻……姻……姻緣？！」

「就是把兩個沒有婚姻緣分的人強行綁在一起的東西。」

霈林海的腦袋被花鬼的話狠狠砸了無數錘。

「綁……綁……綁……」

「你們在說什麼？」遠得聽不見他們談話的樓厲凡問道。

「沒什麼！」霈林海慌張回答，然後轉向花鬼，「那你有辦法幫我解除嗎？這這這……這要是被厲凡發現，我一定會被他凌遲處死的！」

「不能解除。」花鬼沒有開口，雲中榭搶先答道。

花鬼看了雲中榭一眼，用很陰沉的聲音說：「有辦法。」

「但是不能解除。」雲中榭也不抬頭的說：「我現在知道為什麼樓厲凡一直拒絕你的能量了，就是因為有這條姻緣線。這個大咒式圈可以穿透所有咒術而發生作用，但是只有一種咒術可以讓它暫時失效，那就是情侶咒——這條姻緣線也是情侶咒的一種。所以有人在你們房間裡使用了這個咒術，情侶咒本身的作用又讓住在這個房間的人都變成了情侶，這大概就是『情侶之間』這個名字的由來。」

霈林海張大嘴，半天合不起來，「必須……是情侶……啊？可是你不是七十年……再加三十年——之前才在這裡做的大咒式圈？厲凡的姐姐上次來的時候說過，四百年來住在這房間的人都變成了情侶，難道也是……」

「那是不可能的。」雲中榭說道：「因為你們住的這棟宿舍雖然看起來古老，但卻是新樓，一百年前我帶花鬼到這裡的時候它還沒有建成，不可能有四百年的歷史。」

「可是厲凡的姐姐……」

「她們騙你的吧。」

「……」

「你們到底在說什麼！」什麼也聽不見的樓厲凡在紅線的另一頭怒吼。

彷彿不見底的深淵下方終於出現了閃爍著七色光彩的大咒式圈，慢慢從小到大，從不清晰到清晰。

樓厲凡的身體也慢慢浮了上來，逐漸和霈林海他們平齊。

「你們剛才在說什麼？」他陰著臉問道。

霈林海眼睛看著其他地方裝傻。

「我告訴你！霈林海！你不要以為我不知道！肯定是什麼重要的事對不對！你給我老實交代！你們究竟在說什麼！」

霈林海渾身顫抖。

「霈林海！」

「可以了吧？別吵了，我們要落到底了。」雲中榭出聲提醒，總算救了霈林海一命。

這次的大咒式圈周圍的情景，和樓厲凡他們上次所見的情景不太一樣，既沒有山洞，也沒有那些千類以上品種的符咒，有的只是一片沉沉的黑色，以及大咒式圈上的金銀符咒閃爍著的光彩。

不過很奇怪，即使只有大咒式圈作為光源，他們卻沒有感覺到黑暗，沒有被大咒式圈照到的地方也沒有陰影，就好像連他們自己的身體也會發光一樣。

四人輕飄飄的降落在大咒式圈的四周，樓厲凡和霈林海，雲中榭和花鬼各呈對角站立。

「你們說上次進來過，覺得這次和上次有什麼不同？」雲中榭問。

樓厲凡將上次所見情況大概的描繪了一下。

雲中榭想了想，問：「也就是說，上次你們見到了連名字都不知道的大量符咒？那你們解除你們所謂的情侶咒之後，那些符咒有什麼改變？」

樓厲凡和霈林海回憶一下，一起搖頭。

「似乎沒有，不記得了。」

咒術解除之後，他們就被姐姐們拍了最糟糕的照片，誰還有時間去顧慮那些？然後他們便被彈出那個山洞回到自己的房間裡，也沒去看符咒的結果。

雲中榭點頭，指著大咒式圈說道：「這個就是我所製造的大咒式圈，這個大咒式圈不太容易破解，需要大量的符咒減弱它的效用，所以你們看到的那些符咒與我無關，我想大概是要封印這個大咒式圈的人做的吧。使用符咒之後再使用情侶咒進行抵抗，這樣才能把它強奪的危害降到最低。我不知道你們上次究竟做了什麼，不過看來已經把所有的減弱符咒都消除了。幸虧還有姻緣線在你們手上，否則霈林海現在恐怕已經是個死人……」

樓厲凡什麼都沒聽見，只聽見了那三個字——「姻緣線？」他的臉陰沉得嚇人。

霈林海顫抖的撇清關係，「不不不不……不關我的事！我也是剛剛才知道！」

「霈林海……」樓厲凡的手指狠狠指著他，「你給我等著，我們回去再好好修煉你！」

霈林海好像看見了自己將接受一百倍強度特訓的未來，不由得一陣頭暈。

雲中樹對他們兩人悲慘的互動模式已經懶得理會了，也不和他們打招呼，便逕自走到大咒式圈中心的小咒式圈上，蹲下，右手手心朝下懸空放在圈的中央。大咒式圈霎時發出了燦爛的光芒，樓厲凡和霈林海立刻轉過頭去，防止雙眼被那光芒灼傷。

在一片炫目的光芒之中，中心的小咒式圈內有一個手掌形狀的陰影漸次浮出，與雲中樹的手掌形狀恰巧相合。

雲中樹手一抓，那陰影便收入了他的手掌心。在他將陰影收入手心的同時，大咒式圈上金銀的光澤立刻變得暗淡無光，周圍黑沉沉的顏色壓了過來，剛才還非常明亮的空間忽然變得異常黑暗。

雲中樹站了起來，對樓厲凡和霈林海微笑道：「可以了，我已經把咒式解除了。」

霈林海張著嘴半天都合不上，「這……這麼簡單？你不是說它不好解除嗎？」

「這大咒式圈是我做的，我要解除當然很簡單。」雲中樹走出大咒式圈，說道：「如果不是我做的話，用我的咒語手印是不可能這麼輕易解除的，所以那些人才會用那麼多種類的符咒壓制我的大咒式圈。」

他站在大咒式圈邊緣，發現樓厲凡和霈林海還站在原地不動。

「怎麼了？你們的姻緣線可以去掉了，沒問題的。」

樓厲凡舉起左手腕，「……這個要怎麼去掉？」

「切斷就可以。」

樓厲凡伸出右手食指做出一把袖珍靈刀，放在紅線上。

「真是不知道哪個變態居然對我們做這種事……」他喃喃自語。

然而，在他正要向紅線砍去時，霈林海卻好像發現了什麼一樣忽然大喊起來：「不——不行！還不行！厲凡你快點住手——」

樓厲凡一愣，靈刀已經觸到了紅線，紅線一接觸靈刀便刷的一聲融化斷裂，自斷裂處迅速向兩端消失。

在紅線完全消失的瞬間，從霈林海的方向傳來了極大力量的衝撞，樓厲凡被那股力量撞得呼吸一窒，肺部疼痛難忍。霈林海則被力量帶著往前衝，隨即撞上樓厲凡，兩人一起滾到了很遠的地方。

雲中榭沒有想到會發生這種事情，只稍微愣了一下，他腳下的大咒式圈便發生龜裂，幾聲難聽的聲響之後，有黑色的什麼東西撞碎了大咒式圈，尖利的號叫著從底下鑽了出來。

那東西出現得太過突然，雲中榭好像已經忘了反應，站在原地一動也不動。反倒是一直站在旁邊的花鬼忽然衝上前，從側面將他一撞，撞離了大咒式圈，兩人在地上打了兩個滾，這才完全躲過了那個東西的衝擊。

花鬼站起身來，覺得後背有些熱，他看不見便想伸手去摸。然而剛剛站起來的雲中榭卻看到他後背滴落下來的黑水，他趕緊一把抓住花鬼的手腕，另一手抓住花鬼的領子，嗤啦一聲將他半邊衣服都扯了下來。

花鬼眉頭皺了一下，隨即臉色一變。

雲中榭手中的那半件衣服不斷的滴落著黑水，就好像不斷的被濃硫酸侵蝕一樣，不一會兒便只剩下小半隻袖子。

雲中樹鬆手，那殘餘的袖子掉在地上，很快也化作了黑水。如果雲中樹沒有替他把那半身衣服撕掉的話，恐怕花鬼的身體現在也已經和這半件衣服遭受同樣的命運了。

「你救了我。」花鬼看著他說道。

「是你先救了我。」雲中樹轉過頭去看那個鑽出來的怪物。

那個東西看起來似乎沒有實體，只有一個黑霧一樣的影子，高達十幾公尺，從大咒式圈下面鑽出來的樣子就好像一隻只有很長的頸子的怪獸。那個東西在半空中盤桓了一會兒，然後向花鬼和雲中樹猛衝過來。

「躲開！」

花鬼和雲中樹一左一右跳開，那東西撞到了一片空空的黑暗之中。原本黑暗是無形的東西，居然也被撞出了破片，發出碎裂的聲響。那個東西抬起「頭」來四處「看看」，又堅持不懈的向他們兩人撞去。

「你到底在這裡養了什麼東西！」花鬼邊閃躲邊問。

「我只是在這裡做了大咒式圈，什麼都沒有養！」雲中樹避開一擊說道。

在他們兩人努力避開那怪物攻擊的時候，霈林海正在把自己和樓厲凡分開。剛才衝撞樓厲凡不是他故意的，在樓厲凡把紅線斬斷的同時，他就覺得自己身上的力量在以驚人的速度往樓厲凡的方向衝過去，而且在力量的吸引下，連他的身體也自動撞了過去。

現在他全身的力量都在透過他碰觸樓厲凡的地方快速傳入樓厲凡的身體，霈林海感覺到體內一陣接一陣的劇痛，就像那天花鬼從他體內吸收力量一樣——不，比那還痛苦！因為力量的流失速度實在是太快了！

樓厲凡也不好過，吸收了過大能量的身體劇烈顫抖著，臉色青紫得就如同窒息快死的人一般。

而不管霈林海怎麼努力，他和樓厲凡之間都有一股強大的力量在互相吸引，就算他想離樓厲凡遠一點也不可能，他努力掙扎也只是稍微離開一點，稍微一鬆勁就被更大的力量拉了回去，牙齒撞到樓厲凡的額頭，門牙險些斷掉。

「好痛……」

「你……你痛個屁……」額頭帶血的樓厲凡用顫抖的聲音說道：「快給我滾開……否則殺了你……」

鮮血從他的牙縫中湧了出來，在嘴角拉出一條顫抖歪曲的線。霈林海的能量太大了，他這個普通人的身體作為「容器」根本不能承受，光是吐血還好，只怕力量再傳下去他會被力量撐炸而死！

可現在問題是霈林海想「滾」也沒辦法，他們之間的吸附力又不是他一個人做的！

「我根本沒辦法離開……」霈林海哭喪著臉說道。

「那就……快叫雲中榭……」

霈林海原本努力偏著頭防止自己的臉碰到樓厲凡，現在要費盡力氣扭轉脖子上的肌肉才能轉向雲中榭他們那邊。

「雲……啊……」

「快點……叫！」

「……可是他們正在被大怪物追殺……」

雲中樹一躍而起，雙手全力拍在怪物的「頭」上，怪物發出尖叫，頭部轟然爆裂。

但是這還沒完，這怪物似乎不是以頭部為主的東西，從大咒式圈下又鑽出了比之前更長的頭部，發狂的向雲中樹他們攻擊過來。

「這到底是怎麼回事……這是什麼……」

腦中忽然響起悅耳的鈴聲，雲中樹的動作一滯，那怪物猛撞上來，花鬼從他後方錯身而過，將他腰部一帶，拉至安全的地方才落下。

「你發什麼呆！」花鬼吼道。

「不……是麗娜在和我聯繫！」雲中樹一手捂住耳朵，防止自己由於怪物攻擊的風聲而聽不清楚腦中傳來的聲音，「麗娜！我聽見了！麗娜！回答我！」

「我在這裡，你那邊還沒有處理完嗎？」

「我不知道怎麼回事！大咒式圈底下居然出現了……啊！」

「中樹？！」

怪物的頭部像竹篾一般分散劈開，以滿天撒網的方式向他們擊打過來，花鬼抓住雲中樹的腰帶高高飛起，落在其中一條分岔上，再躍起，同時向分岔的中心丟下一顆能量球。

能量球在中心爆裂，怪物收縮了一下，快速的將劈開的部分收了回去，花鬼帶著雲中樹落在了地上。

「中樹！你遇到麻煩了？」

「麗娜，妳幫我查一查，是不是有能在強奪大咒式圈下生存的怪物！」

「大咒式圈下的怪物？長什麼樣子？」

「很長，黑色，就好像什麼東西的脖子一樣……」

花鬼忽然想起什麼，立刻把鞋子脫下來甩到一邊。

翻過來的鞋底上出現了一個黑色的溶洞，溶洞逐漸擴大，就如剛才他那半身衣服一樣，整個鞋子逐漸消失為一片黑水。

「它還有強烈的腐蝕性！腐蝕所有碰到它的東西！」雲中樹幾乎是喊叫出來，「麗娜！快幫我找找！」

「我馬上去！」

怪物蠕動了幾下，高高抬起上部，呈Z字形向下橫掃。

花鬼將雲中樹往半空一扔，喊道：「兩邊同時攻擊！」

雲中樹在半空停住身形，雙手前伸，擺出攻擊姿勢。花鬼向後彈跳起身，在半空中與雲中樹遙遙相對，做出了與他同樣的攻擊姿勢。

然而，他們的力量還沒有來得及發出來，怪物的頭部驟然分成兩部分，同時向他們飛速纏繞。雲中樹在半空中身體一沉，以最快速度降落地面，又彈跳起來，躍至另外一邊，讓怪物撲了個空。

但花鬼卻不如他這麼幸運了，剛向左邊一躲，攻擊他這邊的那半個分支又同時分叉成三份向他攻過來，他向左躲避的動作變成了向怪物投懷送抱的姿勢。此時再做任何動作也來不及了，那三份分支將花鬼完完全全的吃了進去。

——強腐蝕性！

「花鬼！」

雲中榭大驚失色，右手高舉，手心中出現一把長刀般的靈刃。他往前一甩，靈刃迴旋飛出，割斷了怪物包裹住花鬼的那個分支。

霈林海覺得劇痛，樓厲凡更是如此。大量力量的流入讓他無法控制，體內亂竄的靈力正在逐一破壞他體內的系統，不只是口，連鼻子也在往外冒血，耳朵也有血絲縷縷流出。

「霈林海……你他媽……的再不滾開……我……做鬼也不放過……你……咳咳……」血液嗆到了氣管裡，他劇烈的咳嗽起來。

霈林海真的欲哭無淚了，就算樓厲凡現在要殺他，他也站不起來啊！不過……他忽然想到了一個問題。

「厲凡！這個大咒式圈……你知道它是靠什麼分辨我們的嗎？」

「你在說什麼……咳咳咳咳……」

「它為什麼不對雲中榭和花鬼產生作用？是因為一直住在那個房間的是『我們』吧？可

是它是用什麼分辨我們的？它怎麼知道一直住在這個房間的是我們而不是他們？」

「我怎麼……咳咳……知道那個……咳……」

嗆咳讓樓厲凡痛苦的擠出幾滴眼淚，霈林海驚恐的發現，他的眼淚居然也變成了和鮮血一樣的紅色！

他心中更是著急，叫道：「會不會是波動？靈能的波動！我們每個人的靈能波動都完全不同，所以它才能用這個分辨我們！一定是這樣！」

「咳……那又怎麼樣？波動是一生不變的東西，難道你還能改變自己的靈波……」話才說到一半，樓厲凡忽然住了口。

——改變靈波……不一定要改變靈波……還有其他的辦法……比如說……

「質性……轉換！」樓厲凡和霈林海同時低喊出聲。

霈林海身上閃現出了綠色的電光。

怪物嘶叫一聲，剩下的半截殘肢轉瞬收回，和另外一個分支膠合在一起。它被切割下來的部分化作了一陣青煙，煙霧過處，花鬼的身影逐漸顯露出來。

「你沒事吧！花鬼！」

花鬼的全身都籠罩在紅色的光輪之下，那是他的能量屏障，看來有效的隔絕了怪物的腐蝕。煙霧逐漸消失，在確認自己不會受傷之後，花鬼才逐步撤除了屏障。

「……我沒事。」他轉過頭去，避開了雲中榭關切的眼神。

——果然還是……不原諒……

雲中榭苦笑。

「中榭！」

雲中榭抬頭，習慣性的捂住自己的一隻耳朵，「麗娜！找到了嗎？」

「嗯！那個怪物不是在大咒式圈下生存的東西！它本身就是大咒式圈！」

「什麼？！」

「它本身就是大咒式圈！大咒式圈是能量體，很容易成精，而這附近又有鬼門的地氣流動，所以它才會變成精怪吧！」

「怪不得……」

花鬼一把拉住雲中榭的手肘往側面斜竄，怪物的頭部砸中了他們剛才所站的地方，黑暗的碎片四處飛竄，空氣中巨大的震盪讓他們一陣頭暈。

怪不得……原來他剛才解除的大咒式圈並不是真正的實體，真正的實體已經變成了這個怪物，所以在他解除了大咒式圈之後，樓厲凡和霈林海依然受到強奪之力的影響……對了！那兩個人呢？！

他的眼睛四處梭巡，終於在距離大咒式圈較遠的地方找到了他們的身影。

「你白痴啊！不早想到這一點！」樓厲凡一恢復過來就一拳揮上霈林海。

霈林海捂著自己腫得半天高的臉，非常委屈的說道：「可是你不是也沒想到……」

正如霈林海猜測的那樣，這個大咒式圈是用靈力波動來分辨房間裡的住客。在霈林海改變自己的靈力波動，把靈力轉化成妖氣之後，大咒式圈便把他當成了「別人」，不再對他有反應，他和樓厲凡的危機自然就解除了。

雲中榭一拉花鬼，兩人降落在樓厲凡和霈林海旁邊。

「你們兩個沒事吧？」

「大概……」樓厲凡手在臉上抹了一把，把血糊得一臉都是。

霈林海正想找張面紙讓他擦擦，一直追著雲中榭和花鬼不放的怪物一腦袋砸了過來，花鬼抓住霈林海的領子，雲中榭抓住樓厲凡的後背衣服，兩人默契的從兩個方向彈開，怪物再次砸了一個空。

「它到底是什麼東西？」霈林海邊問邊努力拉住自己下巴處的衣領，以防只顧著拉他後領的花鬼把他勒死。

「大咒式圈。」花鬼口一張，一個帶著淡藍色光暈的能量彈從他口中發出，擊中那怪物長頸的中部。

怪物被切成了兩半，上半部分化作青煙消失，下半部分卻變本加厲的從大咒式圈下竄出來，伸著似乎比之前更長的脖子發狂的橫掃豎掃、左衝右突。

「這樣不行！」雲中榭拉著樓厲凡邊左右跳躍著邊說：「再這麼攻擊下去只是浪費能量而已，找不到它的弱點就沒辦法對它造成致命打擊！」

樓厲凡低頭看看那怪物的頸子伸出來的地方——那個只剩下了一個洞的大咒式圈，發現怪物無論怎樣攻擊都沒有離開那裡，他心裡忽然有了主意。

「雲中榭！把我放在大咒式圈那裡！」

「放在大咒式圈那裡？它會把你打死的！」

「沒關係！把我放在那裡！」

雲中榭稍微想了想，一個躍起跳到大咒式圈處將樓厲凡放下，自己又躍至另外的方位。怪物跟著雲中榭三人的身影窮追不捨，卻對距離自己最近的樓厲凡彷彿視而不見，連分出來的分支都對他不予理會。

樓厲凡將自己的單手放在大咒式圈周圍，所有的靈力都灌注進入了那隻手中。如果他沒有猜錯的話，這個大咒式圈應該是這個怪物的「根」，只要在「根」上使用他的徒手封印，那麼這個怪物的長頸應該就會因為失去「根」而消失。

然而，他剛剛將靈力聚集在一起，全身便有著和霈林海相同的果綠色靈光，如同陽光一樣炸裂開來，聚集了更多靈力的那隻手更是發出了讓他自己也不敢逼視的強烈光芒。身體裡翻湧著過去的他所難以想像的充沛靈力，源源不絕的向四周發散。

——這是……？

他難以置信的看著自己的手，簡直要以為自己在做夢了。

——如此充沛的能量！過去完全想像不到的快意感覺！這……就是……屬於霈林海的力量嗎？！

「我是樓厲凡，我以我名……」他低聲唸誦，「封印一切生靈咒術！我的力量，聽從我的命令，封印！」

光芒從他的手掌鋪開，蔓延出去的光芒將周圍沉沉的黑暗照得亮如白晝，那怪物吼叫了一聲，黑煙般的身軀化作粗大枝幹似的東西，在半空中凝結成灰色的固體。這時，大咒式圈的根部颳起各種大小的颶風，全都圍繞著那怪物的根部不斷旋轉、刮撓著，直至根部整個化為齏粉，慢慢的沉降到地底去。那怪物整個沉沒之後，大咒式圈所留下的那個洞上出現了千萬條果綠色光線的纖維，將洞口密密的織縫住了。

這樣就結束了。

可是不知為何，樓厲凡卻沒有收回自己的能量，他的封印還在繼續伸展，一直將這黑暗的空間填充到飽和，之後又向上迅速蔓延開去。

「樓厲凡！你在做什麼？」雲中榭大吼，「你想把無關的東西也封印住嗎？！」

樓厲凡沒有回頭看他一眼，甚至連一點反應也沒有，似乎沒有聽到他的話。

「樓厲凡你聽到沒有！快住手！」花鬼也吼道。

樓厲凡依然沒有反應，身上的光芒也沒有絲毫減弱的跡象。靈力封印向上延伸的部分已經快看不見了。

——如果任由他下去的話……一定會造成無法挽回的可怕後果！

如此想著的花鬼丟下霈林海，和雲中榭雙雙撲向樓厲凡後背。

「樓厲凡！夠了！快住手！你想連無關的東西也封印嗎——」

他們兩人的手剛剛碰觸樓厲凡的後背，便雙雙被一股龐大的力量彈飛出去，彈到身後封印的牆上。

——好強的能量！

花鬼和雲中榭同時心驚。雲中榭身上有花鬼修煉了千年的能力，而花鬼身上有不知從多少人身上搶來的力量，可即使如此，兩人還是被他輕易的彈開，這確實極不尋常。

眼見連他們兩人都無法抵擋樓厲凡的能量，霈林海跳了起來，也向樓厲凡的背後撲去。

「厲凡！不能再繼續了！住手！」

很奇怪，樓厲凡好像聽到了他的聲音，身體微微一動，全身所發出的燦爛光芒立即暗淡了下去。

霈林海原本已經做好了被彈開的準備，所以撲過去後雙手一推的動作非常狠，沒想到樓厲凡一點抵抗的力量也沒有用，反倒被他這一推而來了個毫不猶豫的前滾翻。

封印的蔓延刷的一聲就停止了，霈林海也像被封印一樣靜止在原地，還維持著前腿弓、後腿蹬的推人動作，臉上一派呆呆的表情。

……他已經被自己做出的事嚇傻了。

腳下是樓厲凡的封印，有些滑，雲中榭試了幾次也沒站起來，一隻手伸到了他的面前，他抬起頭，花鬼正用算不上生氣也算不上高興的表情看著他。

「你原諒我了嗎？」

「那是不可能的事。」

「……」說得這麼乾脆……「那這隻手是？」

「看你以後的表現，誠心有多少。」

雲中榭嗤的一聲笑了出來，「好吧……等有時間，我會把我的心掏出來給你看的。」

他伸出了自己的手，和花鬼的緊緊握在一起。

沒有完全原諒，但是至少他肯嘗試著原諒，在共同作戰之後的這隻手，意義非同尋常。

「對了，我們得上去啊，和那兩個一起上去吧。」

「嗯。樓厲凡、霈林海，一起上……」

喊出半截的話卡在喉嚨裡，雲中榭表情呆呆的看著那兩個人，覺得自己腦袋一陣抽痛。

花鬼看著他的表情覺得怪異，也回過頭去……忍不住笑了出來。

好不容易爬起來的樓厲凡把霈林海按在地下，正左右開弓對他的腦袋飽以老拳。

「你這個白痴！蠢材！無敵傻子！敢打我！想報復是不是！沒那麼容易！看我打死你！打死你！打死你——」

「救命啊！對不起！我再也不敢了！真的！我錯了！原諒我吧——」

「……這是他們聯絡感情的方式嗎？」花鬼淡定的問道。

「……大概吧……」雲中榭嘆了口氣。

※◆◇◆◇◆◇◆※

而帕烏麗娜呢？

她正在圖書館裡，坐在兩排書架之間的一堆書山中呼哧呼哧直喘氣。

一個穿著黑色超短裙的人妖站在她旁邊，扭動著嗔怪：「麗娜！妳看看妳把我的圖書館弄成什麼樣子了！要自己收拾乾淨哦！」

「……我自然能找到冤大頭幫你收拾……」她恨恨的道，「你這個人妖、變態……」

「哦呵呵呵呵……承蒙誇獎。」

「……」看她充滿仇恨的眼神！

「幹嘛那麼認真……」那變態乾笑，「開玩笑而已～我會自己收拾的……」

※◆◇◆◇◆◇◆※

「啊——好無聊……啊——好無聊……」

而在這個大家都忙得不可開交的同時，校長大人正坐在他的辦公室裡，孤獨的品嘗寂寞的味道。

第7章 樓家的秘密

夏天到了，花都開了，蜜蜂也來了，酷熱就要開始了……

「霈……林……海！」

「咚咚咚！匡噹！」

……然後，人心也開始浮躁了。

可憐的霈林海流著眼淚躲在天瑾的房間裡，捂住耳朵告訴自己他聽不見門外傳來的聲聲巨響。

「……你不出去沒關係嗎？」天瑾坐在她小小的方桌旁邊，桌上微弱的燈光照得她的臉異常陰森。

「現在沒有……不過等出去就有了……」

如果是以前的霈林海，他是寧死也不會躲到這裡來的，可是現在不一樣，外面那位比這個陰惻惻的女人更恐怖，兩害相權取其輕，所以他決定還是選擇這邊。

「看你那張痛苦的臉。」天瑾將面前的書翻了一頁，「我知道你恨不得從我房間的窗口跳下去才好。怎麼不跳？」

「我為什麼要跳……」這個女人什麼時候才能學會婉轉點講話？

「就算是和羅天舞他們在一起都比待我這裡好吧。」

「……」話是這麼說，但是……

「你以為在我這裡能比較安全？」

霈林海鐵青著臉點點頭。

天瑾是個可怕的女人，霈林海知道外面那位也是這麼想，如果他躲到羅天舞他們那裡的話，外面那位絕對會在一分鐘之內破門而入；正是因為他躲在天瑾這裡，所以才會安全的待了一個小時也沒被抓到。

「話說回來——」天瑾將面前的書合上，一雙黑眼睛冷冷的盯著他說道：「你們到底發生了什麼事？好像在兩個月之前，樓厲凡都還沒這麼發瘋過。」

「妳不是有預警功能嗎？」

「……我不是警報器！」房間溫度驟降十度，「而且我的能力對靈力遠遠高於我的人就不會太準，你看我什麼時候向你預報過？」

「開學的時候……」

「那是湊巧準了。」

房間溫度再降十度。

霈林海向後躲了躲。

門外又傳來一串破口大罵外加瘋狂踹門的聲音，「霈林海你給我出來！不要以為躲到天瑾那裡就沒事了！」

霈林海痛苦萬分的抓著頭髮問道：「天瑾……妳就不能幫忙想點辦法嗎？」

「這和我有什麼關係？」天瑾反問。

「……」早就該知道是這種結果吧。

「不過，我看也堅持不了多久了。」天瑾又續了一句。

霈林海心中一陣欣喜。

——難道她說的是樓厲凡堅持不了多久……

一句話在喉嚨裡還沒出來，只聽喀嚓一聲，天瑾的房門被踹成了七零八落的木片。樓厲凡站在門的破洞外，手上的骨節按得啪啪響。

「我發現你膽子越來越大了嘛……霈林海……」

他在笑，不過當然不可能是溫和的笑，而是讓看的人——霈林海——從心底發顫的笑。

「不……厲凡你聽我說！我不是故意的！我真的不是故意的！我——哇！」

霈林海被一路橫拖豎拉的弄走。

風從破爛的門洞中柔和的吹進來，天瑾看看那一片狼籍，她捋了捋頭髮，陰森森的嗤了一聲。

被一路拖回去的霈林海遭到了慘無人道的對待，當樓厲凡終於發現拳頭很痛而放開霈林海的時候，霈林海已經躺在牆角處奄奄一息了。

「厲凡……我真的……不是故意不等你……先走的……」霈林海幾乎是哭泣著解釋。

「我知道。」樓厲凡甩甩手，很溫和的說道。

「咦？」

「只是心情很煩躁，好幾天都沒有找到藉口打你而已。」

「……」霈林海覺得再這麼下去，他恐怕連腸子也要哭青了。

兩個月前，兩人解開了他們房間的「強奪之力」大咒式圈，由於一些意外，樓厲凡得到了霈林海體內近三分之一的力量。

這本來是好事，但是不知道為什麼樓厲凡的脾氣忽然變得非常暴躁，以前揍霈林海是因為他惹怒他，而現在即使沒什麼原因也要找點原因來修理他。

霈林海每日過著這種生不如死的生活，總想著再這麼下去，樓厲凡就算打不死他，八成也要打傻他……

樓厲凡坐在地上歇了一會兒，忽然道：「霈林海。」

「嗯？」霈林海還在考慮打死與打傻的問題。

「你覺不覺得，我有什麼地方不對勁？」

「嗯……」霈林海想了想，「你最近是比較容易發火……」

「不對！」

「哎？不對？」

「你難道沒有發現……」

「發現？發現什麼？」

樓厲凡好像在努力忍耐般的憋了一會兒氣，又緩緩的吐了出來，「請你不要再用這種好像什麼也不知道似的口氣反問我，我怕我會忍不住再給你幾拳！」

「……」是你什麼都沒說清楚又不是我的錯……

「霈林海。」樓厲凡盤腿坐在那裡，眼睛望著窗外的樹，說道：「對於你自己身上的力量，你知道多少？」

「……？」霈林海望著他，不明所以。

「你一直覺得你身上的力量……很正常嗎？」

霈林海不敢擅自回答，斟酌了半天才小心翼翼的問道：「我……我有哪裡不正常嗎？」

「是不太正常。」樓厲凡斷然回答，成功的發現霈林海變了臉色，「我只是奇怪為什麼過去我會完全沒有發現這一點。」

霈林海越來越聽不懂他說的話了，只能張著嘴聽，完全猜不出他究竟想說什麼。

樓厲凡伸出一隻手，「握住。」

霈林海依言伸手握住。兩人掌心相對，正中心的穴位處有溫和的暖流在他們之間來回流動，非常自然而和諧。

這是他們的力量在交會走動，放在以前他們是做不到的。

「好像從那天起，我們的能力就可以隨意互通了。」這種力量的交流非常舒適，但霈林海滿意的不是這個，而是這樣一來樓厲凡就不會再逼迫他做「魔女的詛咒」了。

「你覺得我和你力量的質性如何？」樓厲凡問。

「質性？我們都是靈力，不是應該一樣嗎？」

樓厲凡再次深吸一口氣，然後說道：「我以前也是這麼想，不過……不知道你有沒有發現？我以前的力量，已經完全沒有了。」

霈林海錯愕，「沒有？是被沖淡了，還是真的沒有了？」

不到100hix的能量，在上千hix的能量衝擊下被沖淡是很正常的，但若要說被衝得「沒有」了的話，那就太奇怪了。

樓厲凡抽回手，臉色很不好看。

「每個人對自己力量的感覺和對別人力量的感覺是不一樣的，就像你聽自己的聲音和別人聽你的聲音完全不同一樣，所以你本人沒有發現你的力量和別人有什麼差別。而你平時外放的力量質性又和普通人太過相似，你體內的氣又不像妖氣那麼的特殊，它與靈力的使用方法有著很多相通之處，所以大家也都忽略了這一點——包括我自己在內，直到雲中榭出來的那天……」

強奪之力的大咒式圈是雲中榭所做，因此在他解除的同時，已經失去了最後一道封印的強奪咒式開始啟動，樓厲凡和霈林海之間才會出現力量牽拉的引力，導致現在的結果。

「現在我終於明白你的超能力為什麼用得那麼不順了，原來是因為你被我們教得只會用使用靈氣的方法來使用你體內的能量，所以很多超能力你怎麼用都不順手，這不是因為你愚蠢，只是方法錯誤而已。」

霈林海張口結舌。這還是他頭一次聽說這種事。

他不是……一直都在使用靈力嗎？現在怎麼會忽然告訴他，在他體內的根本不是靈力，而是別的……

「以前借用你的力量時，我並沒有感覺到你的能力質性有什麼不同，我想這大概是因為我使用了魔女的詛咒的關係，它本身就是靈力魔化技術的一種，所以我一直以為從你身上傳來的魔氣是因為詛咒的轉化。直到現在我身上有了你的力量才弄明白……原來是我弄錯了，霈林海……你……」

「我……？」霈林海有種不好的感覺——非常不好的感覺。

「你的血液中……至少有二分之一的魔力成分！」

霈林海張著嘴，臉色比之前更加青灰了。

※◆◇◆◇◆◇◆※

「真的發展成這樣了？」

「嗯。」

「那我們怎麼辦？」

「愛怎麼辦就怎麼辦。」

保健室內，兩個傷痕累累的學生正在殺豬般號叫，因為校醫拿著繃帶在他們受傷的地方狠命勒著，美其名曰「救命止血」。

校長大人和拜特管理員一邊吃著不明成分的零食，一邊好像談天一樣閒聊著。

「他們是不打算回來了？」

「誰知道？」

「真的沒有任何挽回的辦法？」

「不曉得。」

「我說妳啊——」校長威嚴的把零食往桌上一放，狠狠的說：「妳就不能提供點有用的消息?!」

「你這種整日在學校裡招搖撞騙毫無建樹的無能校長有什麼資格說我！」

「妳這個管理員整天又幹了些什麼！」

「我說了你沒資格說我！變態！」

「妳又有什麼資格罵我變態！」

「變態就是變態！」

「罵了我可就是罵了妳自己！」

「我們是不同的人格！不要把我和你混為一談！」

兩人猛地同時站了起來，挽起袖子就打算開戰了。

「好了！」

校醫揮舞著手術刀踱步過來，校長和管理員看一眼校醫那雖然在笑、但卻帶了十分煞氣的臉龐，立刻停住了動作。

「我知道你們心情不好，不過不巧的是今天我的心情也很不好——不想讓這裡變成一片焦土的話，都給我老老實實坐下來慢慢說！」

校長和管理員乖乖坐下。

那兩個比來的時候受傷更重的學生互相攙扶著逃走，他們大概這輩子不會再踏足這裡一步了。

校醫看了一眼門口，門自動關上了。

「這一次的事情，你們也很清楚。強奪之力的大咒式圈在解開的時候發生了一點差錯，現在霈林海的能力質性已經被樓厲凡感應到了，你們說怎麼辦？」

校長和管理員沉默不語。

「所以他來的第一天我就告訴你們了，不准讓他和樓厲凡在一起！因為他們的外在波長太相似，在一起一定會出麻煩的！現在真的惹出麻煩來了！你們說怎麼辦！」

校長縮成一團窩在椅子上叨唸：「誰知道他們會連最後一道封印也解開了呢……」

校醫手上的手術刀刷的一聲刺在了校長大人的大腿上，「你還敢說！」

那變態嗷的一聲跳上了天花板。

「我早就說過不准你和樓家姐妹打牌你就是不聽！現在好了！被她們逼得去解封印！連最後一道也解了！你拿什麼彌補！以死謝罪都不夠！」

管理員噘嘴道：「可是如果他死了，你肯定也死——」

「還有妳！」校醫的手轉而指向她的腦袋，「妳這個管理員到底監管了什麼東西！那個蠢材數不清楚封印的數量，妳也數不清嗎！最後一道！居然連最後一道也沒保住！妳平時都在幹什麼？打瞌睡嗎！」

「可是——」管理員抓抓自己的頭髮，不服氣的說：「你自己的職責呢？花鬼回來的時候你就該知道他是來救雲中榭的，可是你也沒阻止住他。如果雲中榭沒有被釋放，那不就什麼事都沒了？」

校長拔出腿上的手術刀，血噗噗的往外冒，他聲音顫抖、大力的附和：「對呀對呀！你也有錯！」

「你們這兩個蠢材！」校醫爆炸了，「那是法律！你們懂不懂法？只要花鬼能突破封鎖見到雲中榭，那麼雲中榭身上的靈體監禁自然就會失效！這又不是我規定的！有本事你們去跟靈異協會抗議！不要動不動就亂推卸責任！」

「我們的責任就是你的責任。」校長和管理員異口同聲道，「現在你說怎麼辦吧。」

校醫忽然定住了，直挺挺的站在那裡半晌沒吭聲。

「喂！你說怎麼辦吶！」

校醫拍手，聳肩。

「……啥意思？」

校醫微笑起來，「你們——愛怎麼辦就怎麼辦吧！我休假去了。」

「——喂！」這到底是誰沒有責任心啊！

※◆◇◆◇◆◇◆※

幾天後，樓厲凡意外的接到了家裡的電話，三個姐姐擠在顯示螢幕裡聲淚俱下的聲稱他老爸就快要死掉了，讓他快點回去看老爸最後一眼。

他很懷疑從那三個女人嘴裡說出來的話能有幾分真實性，但既然她們這麼說了，那回去看一眼也無妨——如果真的被騙，那……那就再說吧。

發現樓厲凡在寢室裡收拾東西的時候，霈林海有些驚訝。

「厲凡你這是幹什麼？又有實習任務了？」

「如果我有實習任務，那你肯定也有。」樓厲凡將要用到的東西收成一個小背包甩在肩上，「我要回家。大概明後天就回來，因為有點事……我不在的這段時間你自己注意點，別被那群大小變態弄死了。」

「咦？可是怎麼這麼突然？」

樓厲凡隨意的聳了聳肩，「我家那三個魔頭讓我快點，據說已經幫我請好假了。所以我想還是快去快回的好。」

「但是……」

霈林海還想說什麼，卻被樓厲凡不耐煩的打斷：「你到底明不明白！這是我的家務事！難道你也一定要跟去看嗎！」

霈林海急急的解釋：「我不是這個意思……」

「那你就給我閉嘴！」樓厲凡怒氣衝衝的揹著背包往門口走去。

「可是厲凡——」身後傳來霈林海悲愴的呼喚，「你不能離開我呀！」

「——啪！」

理智之線燒斷了。樓厲凡轉身舉著拳頭向剛剛才發現自己大難臨頭的霈林海揮去。

僅僅幾分鐘，霈林海已經被打得不成人形，樓厲凡一隻腳踏在他的身上獰笑，「霈——林——海！剛才的話你再說一遍？你再給我說一遍！」

霈林海奄奄一息的伸出一隻乞求的手，「拜託……我知道你心情不好……可是你也得聽我把話說完再打呀……」

「你說！」說不出正當的理由就殺了他！

「你先……把腳拿開……」

「……」樓厲凡把腳挪到了別處。

霈林海呻吟著坐起來，揉揉剛才險被踩斷的腰，表情痛苦萬分。

「關於我二分之一的魔力成分，我也搞不清楚是怎麼回事，但它讓你暴躁心煩是事實，所以我去詢問了校醫……」

「你誰不好問你去問他！」樓厲凡再次怒吼。

「你……你聽我說完再殺再剮行嗎？」

看在他依然傷痛欲絕的聲音分上，樓厲凡決定保持一會兒沉默。

「校醫說，我們力量之間的相通其實還是不夠，因為我們在一起的時間太短了，雖然波長方面有一定的相似性，卻總不如花鬼和雲中榭在一起的幾十年。現在你得到了我的力量，但是你本來的靈能波長與我不是完全相同，它們表面上還聽你的指揮，但依然不夠順手。在你與這些力量的磨合期中，你大概至少有一年左右都會這麼暴躁。」

「不過，最大的問題還不是這個……我問了雲中榭，他說強奪咒式奪來的力量是有缺陷的，由於初時的不適，你無法控制的時候力量甚至偶爾會暴衝……」

樓厲凡想起解決大咒式圈後他清醒過來所看到的，那種險些連他們頭頂的宿舍也封印的境況，心裡不禁有些動搖。

「雖然你只奪得了我三分之一的能量，但從上次的情況看來，這份力量應該也是不容小覷。上一次花鬼他們兩個人聯手也沒能制住你，最後還是幸虧你聽見了我的聲音……」

「啪！」樓厲凡突然將背包砸上他的臉，霈林海倒下。

「行了！」樓厲凡厲聲說：「我知道了！快點去收拾你的東西！」

「……咦？」背包下傳來疑惑的反問。

「咦什麼咦！跟我回家去！混蛋！」

繞了這麼大的圈子，只是在說一句話，那就是他的力量仍然不能算是他的，霈林海不在身邊的話，誰知道他會出什麼事。樓厲凡不爽的就是這一點，卻說不出什麼反駁的話來，心裡的火不由得往上竄，可憐的霈林海說了實話，卻依然得當他出氣用的沙包……

當鼻青臉腫的霈林海跟著樓厲凡一起走出寢室的時候，天瑾正巧從她的房間出來。

樓厲凡以為是巧合，向她點了個頭就打算離開，沒想到天瑾卻忽然開口叫住了他。

「喂。」

「幹嘛？」他不耐煩的回頭。

天瑾伸出一根手指，指著他道：「南方。」

「啊？」

「不要去。」

「為什麼？」

天瑾陰陰一笑，一股寒氣飄過……

「感覺不好。」

「怎麼了？」

「有事發生。」

她這種一句話幾個字的說話方式讓樓厲凡火冒三丈，「妳不是說過因為我的力量提升妳對我已經沒有準確的感應了嗎！現在又在這裡故弄什麼玄虛！」

「哦……」天瑾陰冷的哼了一聲，「我對你是沒有感應了，不過你的衣服……」

「衣服？」

她的手指轉而指向了他的上衣，「我看見你這件衣服變得很破，上面還沾著很多凝成塊的血跡……」

樓厲凡在與天瑾目光交錯的一瞬間，一件殘破不堪還帶著黑色的乾涸血跡的衣服從他腦海中一閃而過。

他愣了一下，隨即又無所謂的甩了甩頭，「這個嘛……嗯，誰知道到時候這衣服穿在誰身上呢？或許穿在霈林海的身上也不一定。」

霈林海的臉色有點發白，「厲凡……我不是你的替死鬼啊……」

「囉嗦！」

天瑾冷笑，「你若不信，那就算了。等真的死了就來找我，我要記錄預感的正確率。」

她這算什麼話！樓厲凡氣得頭都昏了。

「我要走了妳就不能說點好聽的嗎！妳這個女人什麼時候才能學會對人好點！嘴巴毒心胸狹窄長得陰森人品又不怎麼樣！要是哪個男人瞎了眼會娶妳那才真是見鬼了——霈林海！你不要推我！我還有話——」

「好了好了，厲凡。」霈林海高大的身軀擋在他們之間，一邊遮擋他的視線，一邊把他往外推，「你爸爸不是還在家裡等你回去見他最後一面嗎……」

如果他們真的打起來的話，天瑾不見得會輸，樓厲凡卻不一定能占便宜，畢竟他總會對女性手下留情，可天瑾對他不會。

兩人走到樓梯口，正準備下去的時候，羅天舞他們四人碰巧正在往上走。看見他們準備下來，這四個人立刻在樓梯旁站成兩列，讓出一條路給他們，同時還拍手喊：「歡送歡送！歡送歡送……」

樓厲凡一腳就踹下去兩個。

「你們在幹什麼！」他吼道。

剩下的兩個倒楣蛋緊抱在一起瑟瑟發抖，「管……管理員她說你們要走……再也不會回來了啊……」

……靜。

「讓你們胡說八道！」樓厲凡暴踹，剩下的兩個也一路滾了下去。

樓厲凡這回是真的氣昏頭了，現在是正常的人一個都沒有，不正常的一個個跑到他面前啊！不要讓他再看到第四批妨礙他的人出現在他面前！否則格殺勿論！

當他們走出宿舍大門的時候，校醫和管理員正站在門口的榕樹下等他們出來。

「怎麼樣？我就說霈林海一定會跟著他吧？」管理員用大家都能聽得見的音量「低聲」說道。

「你們『也』想幹什麼？」樓厲凡的臉色和他的表情一樣陰沉，「沒必要這麼大禮相送吧？我已經和校長請過假了。」

「你呀……」管理員嗤笑，「誰要送你了，我們是來見霈林海最後一面的。」

霈林海大驚失色的問道：「見我最後一面？！」

「……你們在胡說什麼？」今天所有人好像都有點怪怪的……是他的錯覺嗎？

校醫邁著自以為最帥的步伐，與樓厲凡擦身而過，慢慢走近霈林海，在他肩膀上一拍，點點頭說道：「請多保重，永別了！」

霈林海臉都青了，「保……保……保重什麼？！這……到底怎麼了？！我要死了？我要死了？！」

樓厲凡看看校醫真摯的臉，又看看管理員的表情，呼一口氣，一把揪住了霈林海的領子就往外拖，「連這些變態的話你也信！這種智商居然還能活二十多年沒有讓人把你賣掉真是奇蹟！」

「可是——」可是他們的表情怎麼看也不像是在逗他玩啊！

樓厲凡回頭，一雙眼睛恐怖的盯著他，「那你是說……你在懷疑我說的話？」

霈林海只覺得有濃厚的烏雲罩到了自己腦袋上，「不……我……我沒有！絕對沒有！」

「那就快走！」

樓厲凡和霈林海頭也不回的離去，校醫和管理員兩人站在原處沒有動。

「喂，你覺得我們的提醒有沒有達到預期效果？」

「肯定有。」

——根本沒有！蠢材！

※◆◇◆◇◆◇◆※

由於家裡沒有派出飛行器給樓厲凡，他們也沒有打算用妖力浮翔飛回去，於是選擇了空中列車作為代步的工具，幾個小時後便到達了樓厲凡家所在的城市。

樓厲凡的家在市中心的黃金地段上，是一棟高達五百樓的大廈，從第四百樓開始全部都是樓家的地盤。

空中TAXI將他們送到頂樓的天臺上，霈林海一下車便走到天臺圍欄邊往下看，只見各種空中客運、飛行器、地上交通車在無數高樓之間穿梭不停，不由得感嘆：「待在學校這麼長的時間，我簡直都快忘了這世界上還有『科技』這種東西……」

「那是因為你在靈異學校上課的時間並不多，待久一點就能習慣靈異世界和科技世界互換了。」樓厲凡回應，「快走，我們得乘電梯到四百二十樓。」

「咦？你不是說你家人都住在第五百樓，下面都是產業？」

「嗯，我是說過。不過我可沒說過我爸在家，他現在正在住院。四百樓到四百二十樓是我家的醫院，第四百二十樓是ＩＣＵ病房。」

「Ｉ……ＩＣＵ？！那不是加護病房嗎？你爸爸他難道真的……」

樓厲凡皺了一下眉頭，說道：「就算住進ＩＣＵ也不代表他真的就要死了，只說明他的傷比較嚴重而已。我覺得……」

他們邊說話邊走到電梯門口，樓厲凡的話還沒說完，電梯門打開了，一道甜膩膩的聲音就像牛皮糖一樣噌的飛了過來。

「Oh! Come on, baby! Kiss me!」

樓厲凡伸手遮擋，將一張青春美貌卻被濃妝豔抹掩蓋得老氣橫秋奇醜無比的臉阻擋在安全範圍之外。

「別接近我！妳臉上的粉會掉到我身上！」

「小凡凡別害羞嘛，讓我親一下又不會怎麼樣！」

矯揉造作的聲音，讓霈林海忍不住起了一身雞皮疙瘩。

全身都掛在樓厲凡手臂上的人是一個很年輕的美少女，可惜那張臉已經被化妝品塗得看不出原形，只能從輪廓上看出些微端倪。她撲向樓厲凡的時候，一股濃得嗆人的香氣迎面而來，讓人幾乎窒息。

「我不想在身上留下妳的口紅印子。」樓厲凡眉頭也不皺一下的說著，「讓姐姐們看見的話，我又說不清楚了。」

「沒關係啦，她們不在！」濃妝少女大笑，「可以讓我親了吧～」

樓厲凡抓住她的吊帶背心將她強行推回電梯裡，自己和霈林海也站了進去。

「厲凡，這位是……？」電梯下降的時候，霈林海小心翼翼的問道。

「我的外婆。」樓厲凡盯著樓層顯示，繃著臉說。他的口氣不太像在介紹他的外婆，而更像是在說「這是我的仇人」一樣。

「外婆？！」霈林海大吃一驚。這個年輕的美少女？！不過她有點太不會化妝……

「這是家醜，所以我不想讓你看到。可是你硬要跟來……」樓厲凡的語氣仍然很生硬，但比起剛才來卻稍微好了些。

「……你外婆真年輕。」霈林海只能擠出這一句話。實在是太年輕了點……還有她「特殊」的化妝……他可以理解樓厲凡說「家醜」的原因。

「是啊，老不死的千年女鬼。」

「討厭！凡凡你怎麼能這麼說我！」美少女外婆抗議。

「真是抱歉說了實話啊。」口氣裡一點抱歉的意思也沒有。

美少女的表情剎那間千變萬化。

「凡凡我恨你！」她啪的給了他一個耳光，捂著臉穿出電梯門消失。

霈林海看著樓厲凡被打腫的臉，有些訥訥的道：「厲……厲凡，你好像傷到她了……」

樓厲凡看他一眼，「你很心疼？」

「啊？」

「……沒關係，她的心就像金剛石一樣，用王水都化不掉。」

「呃？」

四百二十樓到了，電梯門無聲的滑開，剛才傷痛跑掉的美少女外婆正笑得很開心的站在門口等著他們的到來。

「小凡凡～～」她又撲上去了。

樓厲凡躲開。

「……明白了。」霈林海說。果然是金剛石做的心啊……

第四百二十樓大概有一百間左右的病房，其中二十間是加護病房。霈林海等三人站在傳送帶上往樓厲凡父親的病房走的時候，可以將沿路病房內的情況看得清清楚楚。

霈林海透過一塊塊病房玻璃，或者沒有關好的門縫中看見裡面的情景，幾乎無一例外的全部都是被病痛折磨得異常痛苦的臉。他忍不住開始猜測樓厲凡的父親到底是生了什麼病，既然說是來見最後一面，那不是重傷也是絕症……他已經做好了到時候一定要流露出同情又不會太同情的表情的準備。

傳送帶將他們一直送到編號 420100 病房的門口，霈林海看一眼門上鑲嵌的兩塊名牌，左邊的名牌上寫著「樓希雷」，右邊的名牌上寫著「天一紅霞」。那是病房內病人的名字。

——樓希雷……有點耳熟……

——天一紅霞……這個好像更耳熟……

——但是，是在哪裡聽過的呢？

樓厲凡也看到了另外一塊名牌，有些困惑的低聲道：「怎麼回事，連我媽也……」

「姓『天一』的那位是你的母親嗎？」

「是啊。」

——真的很熟，不過這兩個名字好像並不是同時聽說的，到底是……？

在他們說話的當下，美少女外婆已經大剌剌的推門進去了，然後用很招搖的聲音在裡面喊道：「美麗的女兒！英俊的女婿！我可愛的孫子帶著他的情人來看你們了！」

樓厲凡的臉刷的一下就黑了，「不要胡說！」

霈林海的臉色也很難看，因為樓厲凡萬一無法在他們身上發洩怒氣的話，那怒氣最後必定會轉移到他頭上……

420100病房很大，比普通病房要大出十倍以上，不過裡面擺放著各種搶救用器械，連全息透視儀和活體檢測機等大型器械也被弄了進來，把空間占得滿滿的。可即使如此，病房裡看起來卻不太像是器械完備的搶救室，反而更像倉庫。

樓家父母躺在兩張寒酸的單人床上，在儀器的包圍下就像亞馬遜森林的某種靈長類生物一樣可憐。不過，看來他們的病不像樓家姐姐們說得那麼嚴重，因為他們一沒有戴氧氣罩，二也沒有上生理監視器。

樓媽媽——天一紅霞只是右手被石膏固定著。

而樓爸爸——樓希雷就稍微淒慘了點，全身有百分之七十的地方都打上了石膏，剩下的百分之三十中也有絕大部分纏著厚厚的繃帶，全身上下露出來的部分只有眼睛和鼻孔，其餘的地方都被裹了個嚴嚴實實。

霈林海曾聽說樓厲凡的父母都是靈異界的前輩，雖然他極少看靈異界的節目，不過他們的工作應該和普通的靈能工作者差不多。

這麼說來，他們的傷一定是工作的時候留下的吧！

想到這裡，霈林海心中不禁湧起一股敬意。

樓厲凡隨手拉了一張椅子坐在他們兩張床中間。

「原來你們真的受傷了啊。」他平淡的說著，「怎麼回事？」

樓希雷嘴裡發出嗚嗚的聲音，被石膏裹成木乃伊的手臂上下亂揮。

霈林海仔細看才發覺，原來他的下巴上也被托著石膏，嘴更是被繃帶封住了，難怪沒法說話。

樓厲凡好像沒看見老爹掙扎著想說話的樣子，繼續對神色有些怪異的母親道：「有委屈就快點抱怨，我不想耽誤太多課程。」

天一紅霞的臉色忽然漲得通紅，又很快由紅轉黑，看起來像憋氣憋了半天快死的樣子。

霈林海滿頭霧水，不明白她到底想幹什麼。

還是她的兒子最瞭解她，站起來用力在她右手的石膏上一敲，「想裝哭就下點狠心，看著我都累。」

天一紅霞哇的一聲哭了出來，頓時滿臉傾盆大雨，「哇——兒子！兒子啊！你爸他——他居然搞外遇啊！他居然搞外遇！你說他該不該殺啊！兒子啊——」

見她邊哭邊拍自己裹著石膏的右手，霈林海的臉一直在抽搐，他覺得這麼拍還不如掐自己的大腿更好，萬一骨頭再錯位怎麼辦……

樓希雷的手臂晃得更厲害了，可惜誰也看不懂他究竟想表達什麼意思。

「為了外遇妳就把他打成這樣？」樓厲凡問道。

「可是他居然敢反抗啊！」天一紅霞哭得悲痛欲絕，「你看看我的手都骨折了！」

「是妳打爛他下巴的時候，把自己的手打錯位了吧？」

天一紅霞靜了一下，又號啕起來：「你居然幫他！你居然幫他不幫我！啊——媽！妳看他們父子兩個都欺負我！」

當發現女兒的注意力轉向自己時，美少女外婆已經以迅雷不及掩耳的速度穿牆逃走了。

見老娘逃走，天一紅霞的眼淚攻勢又轉回兒子身上，「你整天不回家！家裡出了這麼大的事情讓你回來你還不情不願的！你怎麼這麼不孝啊——」

「我又不是在外面玩……」

天一紅霞哭得更大聲了，似乎想把樓厲凡和樓希雷的聲音都蓋過去，「既然你已經回來就罷了！可你為什麼還要帶個男朋友回來啊！你讓我怎麼去見你死去的外公啊——」

樓厲凡的臉色逐漸轉成了綠色，他呼的一聲從椅子上站了起來。

「妳好好休息吧！我走了！等妳清醒了我們再說其他的事！」生硬的撂下這句話之後，樓厲凡轉身離開了病房。

霈林海跟在他身後，臉色也有點綠綠的。

天一紅霞造作的哭聲從後面跟上來，兩人都捂住了耳朵。

「你媽媽她……」她好像有什麼地方不太對勁似的……

「她在掩飾心虛！」站在傳送帶上，樓厲凡咬牙切齒的說道。

「咦？」

「這事絕對不是我爸外遇這麼簡單！八成有其他什麼問題，她怕我看出來了就在那裡胡攪蠻纏，這種事她幹太多了！」

「哦……」怪不得……「那我們現在去哪裡？回學校嗎？」

樓厲凡想了一下，「不行，還不能回去，我得弄清楚這到底是怎麼回事。平時他們也會打架，可她從來沒把我爸打得這麼嚴重過。我去找我外公，問問看她究竟隱瞞了什麼。」

想起天一紅霞那句「怎麼對得起死去的外公」，霈林海道：「可是你外公不是……？」

「是啊！」樓厲凡不耐煩的回應，「所以我才要去找他的魂回來呀！」

話音未落，一道蒼老的聲音已經插了進來。

「我可愛的孫子~~你找我？」

一張慈祥的臉驀地出現在他們面前——只有一張臉。霈林海忍不住顫了一下。

樓厲凡表情未變，很自若的與那張臉打了個招呼：「外公，最近身體怎麼樣？」

那張臉滿是笑容，「哦，還不錯！你剛說找我有事？」

「是啊。」樓厲凡看一眼父母的病房，壓低聲音在那張臉的耳邊道：「他們這次又是怎麼回事？」

那張臉上的笑容絲毫未變，「吶？你再說一遍？」

「你不要裝聽不見。」樓厲凡微笑了，笑得非常恐怖，「老老實實告訴我，否則……」

那張臉咳嗽了兩聲，「這個嘛，其實也沒什麼……」

「嗯？」

樓厲凡的臉又離他近了點，霈林海可以感覺到那張臉上被凍了一層霜。

「好了，凡凡，你別離外公這麼近，外公心臟病都要犯了……」

「你到底說不說！」

那張臉張張嘴，好像想說一句什麼，忽然看向樓厲凡的身後，表情霎時變得非常溫柔。

「女兒妳別生氣！爸爸死也不會說的！再見了！哈哈哈哈！」那張臉刷一聲便不見了。

樓厲凡回頭，發現天一紅霞正站在病房門口，對他們笑得非常非常溫柔。

「兒子……你想從你外公那裡聽到什麼呢？」

她的笑容和剛才樓厲凡的如出一轍，霈林海只覺有西伯利亞的冷風呼呼吹過，幾乎就要被凍成冰雕了。

「來問媽媽嘛，媽媽絕對會一五一十的告訴你！」

樓厲凡和她對峙了幾秒鐘，一字一句道：「不！必！了！」

他轉身，拉著已經被樓媽媽的溫柔笑容凍得全身僵硬的霈林海離開。

※◆◇◆◇◆◇◆※

雖然還不是很瞭解確切情況，但樓厲凡能夠從媽媽的反應中肯定自己的猜測是正確的。可是到底發生了什麼事情呢？究竟是怎樣難堪的事情，讓媽媽始終諱莫如深？

「……我看，我還是留下來多住幾天好了。」樓厲凡帶霈林海來到第五百樓，一邊以指紋識別開門，一邊說道：「我看也不會出什麼事，我不會失控的。你要是著急的話，我明天派人送你回去。」

霈林海考慮了一下，問道：「我能不能……先不回去？」

「為什麼？」

房門打開了，陽光透過巨大的玻璃窗撒滿了房間，落在他們身上。房間內散亂的擺放著幾張沙發，凡是靠牆的地方都擺滿了書架，書架上各種各樣的書籍琳琅滿目。房間中央放著一臺大型電腦，僅螢幕便有一人多高；一旁桌子上隨意的放著一些零碎物品，就好像這房間的主人只是出去一會兒，立刻就會回來似的。

「我先說好。」樓厲凡將背包順手扔到地上，往洗手間走去，「我家可是很危險的，那三個魔頭不知道什麼時候就會爬到你的床上去，到時候你再跟我哭我可不受理。」

「……我……我知道……」樓家姐妹的「手段」他在學校就已經領略過「一點點」了，他不認為自己現在就有辦法對付她們，「不過我總覺得……」

樓厲凡站住了腳步問道：「你覺得？什麼？」

不知何處傳來的冷風，一本被丟在地上的書被翻得嘩啦嘩啦響。

霈林海環視四周，道：「我總覺得，這個房間……不，這棟樓有點什麼問題，從進來的時候我就這麼覺得了。」

樓厲凡轉身看著他，那眼神很認真，認真得讓霈林海反覆審視自己的身上是不是有什麼不該有的東西，導致他露出這種眼神。

過了一會兒，樓厲凡忽然笑了起來。

「進步不少。」他笑著說，「居然能感覺得到，說明這段時間你沒有白學。」

這還是樓厲凡第一次誇獎他，霈林海覺得受寵若驚。

「這棟樓是建造在某個封印上面的。」樓厲凡沒有注意到他的吃驚，繼續說道：「它本身也是封印的一部分，所以你會有很奇怪的感覺，這很正常。」

霈林海鬆了一口氣。

「而且正因為它也是封印，所以必須有人來看守，我們樓家自然就擔負起這個使命。作為交換，靈異協會將大廈第四百樓以上的樓層全部交給我們家，同時也因為頂樓是封印的重要陣眼之一，有我們樓家進行鎮守的話，他們也比較放心。」

霈林海想一想，皺起了眉頭說道：「可是我總覺得好像不是封印的關係……」

「的確，如果是平時的話，你不該會有這種感覺的。」樓厲凡輕描淡寫的說著，「現在嘛……是因為封印開始洩漏了。」

「洩……」霈林海全身的寒毛都豎了起來，「洩漏！靈異協會蓋了這麼高的樓就是為了壓制封印，怎麼會洩漏？！」

樓厲凡笑了笑，「是啊，我們也覺得奇怪，後來才發現有人破壞。地基是封印的中心，那裡被人挖開了很大的洞，封印核心也差點被偷走。我們不得不加緊看守，可是不管地基修補得多麼完美，封印也沒有辦法回到最初的完美狀態了，只能讓它就那麼慢慢的漏著，說不定哪天下面封印的東西就一口氣全跑出來了呢。」

霈林海開始發抖，「那……那你們還這麼悠哉？！」果然不是普通人！

「那有什麼辦法？又不是我們的錯，靈異協會也不能把我們家怎樣。」

「不是靈異協會！難道你們就不擔心裡面的東西跑出來會造成什麼結果？——對了，說了半天，你們家下面到底封印了什麼？」

「哦，那個啊。」樓厲凡笑，「我也不知道。」

「……」你到底是不是專業的靈能者啊……

說完那句話的樓厲凡便進了洗手間洗手，霈林海站在原地，忽然想起一件事。

——自己問了這麼多問題，樓厲凡居然沒有生氣！

平時他如果這麼嘮叨著東問西問，就算不遭到一頓毒打也會被罵，可是這一次卻沒有，看來樓厲凡似乎比在學校的時候要溫和得多了。真奇怪……

※◆◇◆◇◆◇◆※

樓家三個姐姐是樓厲凡被迫回家的元凶，可是等他回來之後，他卻發現那三個魔頭並不在家中，要跟她們聯絡卻始終聯絡不到。

和第四百五十樓的資訊室聯絡之後才知道，原來她們一聽到他正往家裡趕的消息，立刻動身逃到遠處的某個海中小島享受陽光去了。

樓厲凡往後退了一點，以便能更加看清楚大螢幕。

現在那上面是三個魔頭穿著比基尼搔首弄姿的模樣，怎麼看怎麼讓人想甩飛刀。

不過，雖然她們都是為了玩樂可以出賣弟弟的惡魔，但這次還是不太尋常。把他用幾乎算危言聳聽的說法叫回來，她們卻如此迅速的逃走，這後面絕對不是「耍他玩」這麼簡單的原因就能涵蓋的。

會是什麼原因呢？

有什麼原因能把這三個魔頭都嚇住呢？

或者說……這世上有什麼東西能嚇住這三個魔頭嗎？

※◆◇◆◇◆◇◆※

霈林海被安排住在和樓厲凡同一層樓的客房，他休息了一會兒，發現自己對樓家工作人員送來的晚餐沒有什麼胃口。大概那個封印真的洩漏了，他現在只覺得渾身都好像裹著一層什麼東西，某種黑暗性質的東西一直圍繞在他的周身，怎麼甩也甩不掉。

——既然這樣……

他想了想，便隨意準備了一下，走到浴室裡打算洗個澡。

雖然封印洩漏了，不過也只是洩漏而已吧？連樓家的人都面不改色的在這裡住了這麼長時間，他這個臨時住客又有什麼好擔心的？

他一邊思考一邊走入浴室，剛一腳踏進去，忽然有種很奇怪的感覺。

他顫了一下，左右看了看，並沒有什麼讓他覺得異常的地方。或許這也是封印洩漏的結果吧……他這麼安慰自己。

不過，接下來的事情就不是單純的安慰便能解決的了。

當他打開開關，讓熱水沖淋下來的一瞬間，他忽然心中一痛，耳中同步聽到一陣強烈的轟鳴，伴隨著劇烈的震動，他腳下一滑，砰一聲坐在地上，痛得他半天沒起身。

——剛才那是……地震？！

他艱難的起身，又是一陣可與剛才媲美的劇烈震動，他咚的一聲又坐了回去。

如此反覆三次，震波才終於完全消失，可是他卻已經被摔得連哭都哭不出來了。

——這到底是怎麼回事？！不是說這棟樓下面封印著東西嗎？封印是不能建在地震帶上的啊！難道靈異協會的那些人沒注意到這一點？！

霈林海已經沒有力氣再追究什麼了，他草草洗了澡，穿上一件浴袍，捂著後腰一瘸一拐的走出浴室。他決定了，一定要向樓厲凡問清楚他家是不是有什麼問題，否則再被摔上一次他非得殘廢不可。

不過當他一走出來，卻意外的發現樓厲凡正坐在客廳裡，手裡翻看著什麼東西。

「厲凡？」

樓厲凡抬頭看他的樣子，又驚又笑，「你扶著腰幹什麼？撞哪裡了？」

「嗯……」霈林海摸著仍然隱隱作痛的尾椎骨，不無委屈的說道：「剛才摔了個半死。你家是在地震帶上嗎？我差點摔成殘廢。」

樓厲凡的笑容消失了，「你說什麼？」

「剛才有幾次挺激烈的震盪，摔得我……」看到樓厲凡的表情，霈林海心中咯登一下，遲疑的問：「難道……你沒有感覺到？」

樓厲凡神色嚴肅的搖了搖頭，扔下手裡的東西就往浴室走，「你剛才是在這裡感覺到的是吧？」

「就在浴室的正中心。」

走到浴室門口，樓厲凡蹲下，手指從下至上摸了摸門框，又踏入裡面，仔細查看蓮蓬頭的十幾個小噴口，最後伸手摸了摸地板。

「這裡，對吧？」

「嗯，大概就是那裡。」

樓厲凡伸手按住那裡的地磚，忽然好像想起什麼，將手收回來，可是沒過幾秒鐘又將手放了上去，手心發力，用力一吸，幾塊地磚被撬了起來，露出下面的材質。他又頓了一下，直起身體，乒啷一聲將手中的幾塊地磚扔到了旁邊。

「你看看吧。」他轉身走開。

霈林海看一眼被剝開地磚的部分，當場怔立。

被剝去外殼的地方露出了下面的東西，那裡原本是特製的含咒凝土部分，可是現在卻裂開了猶如手臂粗細的一條大縫，縫隙縱長蜿蜒，不知道延伸到哪裡，縫洞內則是一片黑暗，似有若無的微風吹了出來，混雜著一股說不上來的味道。

「這到底是……？」

樓厲凡冷笑，「我就說那三個魔頭怎麼會放過欺壓我的大好機會！原來是預感到會有麻煩，就集體逃亡去了！」

霈林海一隻手放在裂縫上，回頭對樓厲凡道：「有魔氣。」

「嗯。」樓厲凡點頭，「我一聽說她們不在就覺得不對勁了，所以過來想告訴你最好先回去學校，這裡恐怕有問題……果然有問題，而且問題不小。」

霈林海的表情變得更加凝重，「是你說的那個破印嗎？」

樓厲凡搖頭，推測道：「不，應該不是以前破裂的地方。我看這恐怕是另外一個地方洩漏的影響。」

「又有人破壞？」

「這個還不清楚，必須要查看一下封印的所有結構才能進行判斷。」

「噢……」

霈林海回應著，慢慢直起身來，剛才摔到的地方忽然一陣劇痛，他腿一軟便向前栽倒過去，樓厲凡一把抓住了他的手腕，可是他的一隻腳卻已經陷入了裂縫中。霈林海大驚失色的想要掙脫出來，卻發現那裂縫竟似想吞噬他一般，開始緩緩向內蠕動。

樓厲凡喊一聲糟，用力想拉回霈林海，卻忽然發現自己全身的力量竟在慢慢的流失。他越是用力，力量流失的速度就越快。

「霈林海！你自己使勁！我的力量在外洩！」

霈林海另一隻手緊抓著地板，五指在地磚上留下了一串扭曲的印記。然而即使如此，也沒有阻擋住他被拖走的速度，裂縫那邊的什麼「東西」的力量比他們想像的要大得多。

「我也不行！拉不過它啊！」

樓厲凡心中一沉。

——不該出現這種情況的！這棟大廈本身就是封印，無論如何都不應該出現有魔氣的裂縫，即使是有魔氣的裂縫，也該在最短的時間內被自動修補好才對，怎麼會把人往裡拉？這裂縫到底是……

正當他們拚命與那個洞窟拔河的時候，一道在此時聽來不亞於天籟的清脆女聲在他們的頭頂上方響了起來。

「以我千年之力，修補破印，封鎖魔心，鎖印！」

喀啦一聲，整個浴室發出了一聲好像什麼東西撕裂又碰撞的巨響，霈林海的腳立刻從縫隙中抽了出來，縫隙轟的一聲對合起來，地磚自動飛回原位，再也看不出之前的痕跡。

一雙穿著繡花鞋的腳慢慢從上面降落下來，霈林海想抬頭看看是誰，抬到一半卻發現對方穿的是超短裙，他又慌忙將頭低下。

樓厲凡自始至終低著頭，霈林海看他一眼，覺得他不是怕看到短裙風光，而是臉色有點發白的在想其他什麼事情。

「凡凡！」

非常年輕，卻非常威嚴的女聲，霈林海覺得很耳熟，很長時間後才想起那是樓厲凡的外婆，只不過之前她的聲音都沒個正經，所以一時沒想起來。

「從你小時候起，我跟你說的最多的一句話是什麼？」

繡花鞋已經降落到了地上，霈林海仍然不敢抬頭，樓厲凡也一樣。

「說！我是怎麼教你的！」

樓厲凡低聲道：「所有地板下均有咒印，無論發生什麼事，在沒有得到允許之前不得破壞任何一處。」

「那你剛才為什麼要把那裡掀掉？」

「因為我覺得那裡有魔氣洩漏……」

「魔氣洩漏的是你吧！」

樓厲凡猛地抬起頭來。

千年女鬼厲聲道：「別以為我不知道！這次回來你身上帶的氣息就和以前完全不一樣，甚至連靈力波動都變了！回來以後就覺得不舒服是不是？所以才忍不住要去掀地板吧！為什麼什麼都不跟我們說？這種事情告訴我們會很為難嗎？！」

樓厲凡又低下頭去，似乎想以沉默對抗。

「你不回答也沒關係！」女鬼繼續說道，「不過你不能再待在家裡了，回學校去吧！」

樓厲凡低著頭，仍然沒有抬起來。

「你到底聽到我說話沒有！」

樓厲凡將目光緩緩上移，一直移到她的臉上。

「妳到底是因為我破壞了封印而發火，還是想快點把我從家裡趕出去？」

霈林海發現女鬼的表情有一瞬間閃過「驚恐」二字，但是那表情的變化實在太快，他不能確定自己是不是真的看到了。

「妳一直不告訴我地基下面到底封印了什麼東西，以為我就真的不知道了嗎？封魔印的效力太強，所以普通人無法分辨它到底是什麼。可是現在我體內充滿了魔氣，雖然外表表現可以騙得了別人，但是我想妳絕對可以感覺得到。我知道這是封魔印，再沒有比這個更確定的事了。現在封魔印讓我很不舒服，所以我不跟妳辯，總之你們越是想辦法逼我走，我越是不走。我要待在這裡，直到弄清楚到底發生了什麼事。」

千年女鬼的表情發生了嚴重的扭曲。

霈林海看著她的臉，脊背一陣陣發麻，心想萬一她的五官扭到掉下來那可怎麼辦⋯⋯

「凡凡！你——」

樓厲凡捂著額頭，面色不善的道：「我這次回來脾氣很好吧？甚至沒有用封鬼印打妳。那是因為封魔印現在壓住了我一部分魔氣，把我的脾氣也一起壓住了。不過這是有限度的，我現在還不清楚臨界點在哪裡，妳想試試看嗎？」

千年女鬼的表情扭曲得越發嚴重，五官變得就好像惡靈似的。

「不要以為你什麼都知道！」她尖聲叫道，「等知道真相你會後悔的！」

「後悔也無所謂，妳別想再用妳一千年的年齡來壓我。」

千年女鬼氣得用手指指著他「啊」了好幾聲，最終憤然轉身消失。

她消失的背影看起來仍然如此強悍，霈林海擔心的問道：「厲凡，這次她好像真的生氣了，沒關係嗎？」

你家都是睚眥必報的人吧……這句話他沒敢說出口。

「沒關係……」樓厲凡手指更加用力的按住太陽穴，「你能不能不要管這些事，先把我扶起來再說？我頭疼死了！」

霈林海忙扶著他的手臂讓他站起來，「怎麼了？剛才就頭疼嗎？」

樓厲凡的身體晃了一下，他好像想說什麼，卻忽然撲向馬桶，抱著馬桶一口氣吐了個昏天黑地。

霈林海慌了手腳，一邊叫他的名字、一邊替他拍背，一迭聲的問他到底發生了什麼事，樓厲凡只顧嘔吐，連一句話也說不出來。

足足折騰了半個小時，樓厲凡才好不容易緩過氣來，讓霈林海把他扶到客廳裡坐著。這時候他已經吐得快脫水了，霈林海把冰水遞給他的時候，他仍然在為胃裡一陣隱隱的噁心痛苦萬分。

「你到底是怎麼回事？」霈林海坐在他旁邊擔心的問道。

樓厲凡感覺好點了，深深呼出一口氣，道：「你以前……都是這樣嗎？」

「嗯？什麼？」

樓厲凡深呼吸，這樣讓他能覺得舒服些，「就是被我強行使用力量的時候，還有力量輸入我體內的時候。都很痛苦是吧？」

「唔……這個……」霈林海想了想，小心的斟酌了一下措辭，「的確是很痛苦……不過每次不都是迫不得已嗎？你也是實在沒有辦法才會那麼做，我沒關係。」

樓厲凡慢慢的把冰水杯子從額頭上取下來，放回桌子上，看著霈林海道：「你不明白，那不是『迫不得已』，其實有別的選擇，可是我沒有那麼做……我是故意的。」

「啊？！」

「因為我對你……一直都……很惱火！」

霈林海的臉青了。

「你擁有許多人都羨慕的能力——那『許多人』中也包括我。但你卻不知道應該如何使用，空有一身的寶藏，卻只能任由它爛在深山裡面，尤其是那些寶藏你根本無法據為己有的時候，誰看到都會發火。讓你做點什麼，你速度慢，領悟不足，人又遲鈍，做得也不好……

真能把人氣得半死。我知道你是半路出家學習靈異學的，可也不能蠢成這樣！」

霈林海的臉紫紅紫紅的，低頭道歉：「對不起……」

「我不是說出來讓你向我道歉的！」

霈林海閉嘴。

「但是──不管怎麼樣，你是個好人。」

霈林海驚訝的看向他。

樓厲凡卻沒看他，他的眼神在四處躲藏。

「我這人脾氣太暴躁，如果換了別人，別說一年，就算是一天、一小時，也不會想和我多待吧。」

不……不是他們不想，是他們不敢……霈林海在心裡說。

「可是你不一樣，有時候甚至可以容忍我沒事找碴，尤其是這兩個月──不！當然只是偶爾！」

在最後幾個字上他加重了音唸出來，霈林海不知怎的很想笑。

「可是當時我不這麼想，總覺得你笨得讓人火冒三丈，欺負你用以撫慰我的心靈簡直是天經地義的事情。你被魔女的詛咒折騰到死，說明你修煉不足；強奪之力大咒式圈奪了你的力量，當然是你活該，搞得我自己也為此受了不少罪；現在我體內的魔氣讓我整日暴跳如雷拿你當出氣筒，更是原因在你身上，如果你體內沒有魔氣不就沒問題了嗎？」

霈林海忽然發現，原來自己的罪過這麼深……

「但是……」樓厲凡的語氣變得沉重起來，「但是直到剛才，我的力量被那道裂縫吸走的一瞬間，我才真正明白了你的感受。」

就好像腳下有一個黑洞，發瘋一般拚命吮吸著他的力量，體內驟然出現的能量空洞讓他有種失足墜落的失重感，幾乎就要慘叫出聲。

「我只是被吸走一點點力量就這樣，那麼你呢？這麼一想，忽然覺得很對不起你。原來我從來沒有站在你的立場上為你想過，很抱歉。」

從來沒有聽過樓厲凡向自己道歉的霈林海，花了很長時間才能確定他這番話是說給自己聽的。

其實在此之前，他從來沒有懷疑過樓厲凡使用他的力量的必要性——或無奈性。可即使是現在樓厲凡說出了這番話，他對樓厲凡的信任依然不會變，因為不管樓厲凡做什麼、用什麼方法去做，他一定有他的原因、有他的判斷。而樓厲凡的判斷，就是他霈林海一直堅持學習的準則。

可是沒等霈林海說出這番感人肺腑的話，樓厲凡的臉色已經泛出了紅色，這是他對自己說的話開始後悔的徵兆。

「總——總之！我現在要說的不是這個！」他的語氣驀地變得蠻不講理，「現在這個家裡，身上帶有魔氣的我受到了相當大的影響，可是我只擁有你三分之一的力量，你現在所剩的能量還比我高出一倍左右，我只想知道——霈林海，為什麼你沒事？」

霈林海怔住。

的確，封魔印的效力對地基外的效力並不算大，卻足夠讓身具魔氣者渾身不舒服了，但既然樓厲凡已經有了反應，那為什麼霈林海沒事？

霈林海直到現在才注意到這個問題。

「這個……這個你問我也沒用啊。我的確是沒有感覺到什麼不舒服，只是在剛到你家的時候覺得有點怪怪的而已。」

「對了。」樓厲凡問道：「你剛到的時候說過有哪裡很奇怪，當時是什麼感覺？」

霈林海想想，道：「就好像是……一腳踩空，又被什麼托起來的感覺。」

「一腳……踩空？」

「對。」

樓厲凡陷入了困惑之中。如果只是一腳踩空他還能解釋，因為他當時也是同樣的感覺，但是「托起」感的話……

他又和霈林海探討了一些問題，但可惜都沒有什麼進展，唯一有點依據的猜測是「樓厲凡身上的能力還沒有來得及完全轉化成適應自己使用的靈波，因此感應才會不太一樣」。

然而，即使是這個猜測，也頗有些理不直、氣不壯，因為樓厲凡對身上的能力已經適應得差不多了，出生在魔女家庭，又對魔女的靈力魔化技術瞭若指掌的他要掌握體內的魔氣不是什麼難事，他只剩下外殼的靈波還沒有轉化完全而已。

晚上九點，他們暫時放下了這個問題，決定先休息之後第二天再進行討論，一定要找到原因才行。

「那就先這樣，明天有時間我們再繼續談，有必要的話，我會連我外公也一起拉過來，問問他或許有結果。」

「好。」

「晚安。」

「晚安。」

※◆◇◆◇◆◇◆※

那個時候，霈林海還沒意識到自己竟會是最後一個見到樓厲凡的人，而那句「晚安」，是樓厲凡對他所說的最後一句話。

第二天，當霈林海打開樓厲凡虛掩的房門時，發現他不在裡面，所有的東西依然靜靜的放在原位，一動也沒動。

再之後，他發現樓厲凡不在這一百層裡的任何地方，樓厲凡哪裡也不在了。

樓厲凡，二十一歲，三六九七年五月二十二日，失蹤。

第8章

樓厲凡失蹤，霈林海暴衝

樓家大亂。

連樓厲凡那三個躲到國外享受陽光的姐姐們也以最快的速度趕了回來，和樓家外婆外公一起在木乃伊樓爸爸的床前吵得不可開交。他們誰也不聽別人說話，只一個勁的大吵大鬧；最令人不可思議的一點是，他們根本就不想知道樓厲凡「到哪裡去了」，而是在爭論「是誰把樓厲凡藏起來逗他們玩」。

原本等著樓家人找樓厲凡回來的霈林海，他感覺希望就像肥皂泡泡一樣破裂了，看來把希望寄託在樓家人身上，還不如依靠他自己來得更可靠一點……

他不知所措的看了一會兒他們的家庭鬧劇，轉身走出病房。他需要安靜，要想一想之後該怎麼辦，而不是聽那群魔女胡說八道。

「小夥子。」

身後傳來千年女鬼的聲音，霈林海站住。

「凡凡是樓家的孩子，就算把他光著屁股丟到南極去，他也會活著回來報仇的。」

霈林海嘆了一口氣，他沒有心思開玩笑。

「我不明白，你們這都是哪裡來的自信？萬一厲凡真的回不來怎麼辦？」

千年女鬼促狹的擠了擠眼睛，「那不是很好嗎？」

「什麼──」

「他能回來就回來，回不來就回不來。身為樓家的孩子，總是要面對危險的。即使這一次不死又怎麼樣？下一次、下下次，他還一樣能躲得過去嗎？你可以救他一次，卻沒有人能陪他一輩子，想活下去就要靠自己，不管他在哪裡，不管他在執行什麼任務，這是樓家唯一的原則。」

「你們樓家你們樓家你們樓家！你們樓家都是神嗎！」一向溫和的霈林海發怒了，「你們就從不犯錯？你們就從來沒有需要別人幫助的時候？你們能活到現在，難道都是你們自己一個人努力的結果？！」

千年女鬼靜默了許久，久得霈林海都以為她要走了，她卻哈的一聲笑了出來。

「所以……所以啊。」她微笑，「所以我們活到現在，而他有你啊。」

總之，不管霈林海如何提醒那位千年女鬼，樓厲凡現在處境不明十分危險，她卻始終沒有對他做出任何正面回應。

霈林海絕望之餘不禁開始有些懷疑，她對她的「凡凡」這麼絕情，是不是和樓厲凡口中那三個魔頭一樣有其他什麼居心……

「要救凡凡，你就得自己想辦法。」

這是千年女鬼給他的唯一答案。

「他又不是我的小孩……」

「那我們就一起等他的屍體被送回來。」千年女鬼輕鬆的撂下這句話，隨即消失。

無奈的霈林海想了半天，只好去找「那三個魔頭」，看看能有什麼辦法。那位千年女鬼大人不管，至少他的姐姐們總會管吧？

可惜他猜錯了，當他回到樓家父母的病房時，樓家三姐妹已經不知去向，只剩下那兩個為人父母的躺在床上裝死。

霈林海在兩張病床前苦苦哀求，最終換得了天一紅霞的一句話：「他是拜特的學生，你去找他吧。」之後便再不發一言。

直到現在，霈林海才終於明白樓厲凡的暴躁脾氣和一口毒舌是從哪裡來的了，要是他出生在這種家庭，八成個性也會像樓厲凡一樣……

垂頭喪氣的霈林海回到頂樓天臺，看著滿世界飛來飛去的空中 TAXI 卻完全不想招手，猶豫了幾秒鐘之後，他全身一震，周身上下閃出劈啪電光，體內的靈氣轉眼間化為了妖氣。

——去他的質性轉換管理規定！

現在霈林海很心煩！

——樓厲凡的失蹤問題才是最重要的！

「妖力……浮翔！」他的軀體騰然升空，向空中列車的停靠站飛去。

千年女鬼站在五百樓的某扇窗前看著霈林海離開，微微的笑了笑。

「夫人……」樓厲凡外公的那張臉在她身邊飄飄蕩蕩，「我們真的不告訴他們真相？這件事還是越早解決越好吧？」

「為什麼？」千年女鬼溫柔的笑著看他，那表情和天一紅霞一模一樣。

那張臉上流下了驚恐的汗水，「這……這個……」

「我早就說過要鍛鍊這些孩子們的吧？而且就算封印解開了又怎麼樣？大不了我們恢復

自由罷了。你說是不是？親愛的？」

「妳……妳說什麼就是什麼吧……」

※◆◇◆◇◆◇◆※

以往執行實習任務的時候，都是樓厲凡擔任指揮者，霈林海根本不需要去思考退敵方式，只需要聽從樓厲凡的命令就行。

可是現在，樓厲凡不知所蹤，樓家人避而不見，霈林海想依靠自己的能力來找樓厲凡，卻不知道該從哪裡入手才好。

無奈，他只能回到學校去尋找救兵。

校長那個變態九成九是不會幫忙的……他能不找麻煩就已經謝天謝地了。

老師們的話……帕烏麗娜她們的確可能會給他一點好的建議，但他不認為她們會幫忙。

那同學們之中……天瑾……她會幫忙嗎？如果告訴她是樓厲凡出事的話，應該……沒問題……吧？

隔壁的羅天舞、蘇決銘、樂遂、公冶四人很不可靠，但終究是靈能世家出來的人，除了學藝不精之外沒什麼大的缺點……不過，這已經是很大的缺點了！

而雲中榭雖然已經解除了二級靈體監禁，但花鬼仍受言字契約的效力束縛，在他的束縛還沒有到期之前，雲中榭應該不會想離開學校吧……

想來想去，最可靠的人只能、勉強算是二年級——現在是三年級的東崇和東明饕餮了。東崇是吸血鬼和旱魃的混血，東明饕餮是他的共生體，現在不提東崇分給東明饕餮的力量和為他再造身體失去的那部分，僅以東崇的年齡來說，他擁有著霈林海所認識的人中誰也無法匹敵的深厚經驗，連花鬼都不是他的對手。這一點才是最重要的。

不過，霈林海覺得，無論如何首先他還是需要求助他們其中一個人。

他一回到學校，立刻找到天瑾，和她說明了現在的情況。

「……所以我想先問問妳，有沒有什麼好辦法？」

天瑾陷入了沉默，好一會兒才道：「這件事……不好辦。」

霈林海的心涼了半截。

「我說過，我對能力高於我的人預感和遙感都不準確，你們現在的能力似乎比我想像的還要高得多，我對你們已經完全沒有感應了。」

「那就一點辦法也沒有了嗎？」

天瑾再次沉默。

她關了小燈的電源，起身走到窗邊，拉開了窗簾。溫暖的陽光毫無阻礙的鋪撒了進來，讓這個終年不見陽光的黑冷空間立時有了生氣。

「我不知道行不行，因為我對物品的感應不如對活的生物。只能試一下看看。」

「妳是需要他的那件衣服嗎？可是他失蹤的時候似乎連它也穿走……」

天瑾打斷他的話，「不是那件衣服也行，只要是他離開之前碰觸過的東西就可以，比如說……」她伸出手指，指向他的臉，「你。」

「我？！妳剛不是說對我沒有感應……」

「如果把你視為承載樓厲凡訊息的物品的話，那就沒有問題了。」

視為物品……霈林海心中有些委屈，卻不敢提出什麼。

「不過……」天瑾又道：「我不明白，你為什麼不去找樓厲凡的大姐？她的能力比我高出幾倍不止，對物品的感應更是我趕也趕不上的。」

霈林海苦笑道：「我是想找她們，可她們在我想到她們之前就跑掉了，他父母就躺在那裡裝死，我還能信任他們家的誰……」

天瑾想了想，說道：「……算了，反正他們家也是不可信的，靠我們自己吧。首先，你告訴我，你住在他家的時候曾經出現過什麼異常的情況嗎？」

霈林海想起那棟大廈的封魔印，便將從樓厲凡那裡聽來的事情一五一十的說了，包括自己和樓厲凡的異常感覺，以及他們在浴室裡發生的事。

天瑾一邊聽、一邊無意識的咬指甲，平素陰沉平板的臉龐現出一絲疑惑。

「你是說……他吐了？」

「是。」

「然後他還捂著頭吧？」

「我看他挺用力的用手按著太陽穴，好像很疼……」

「其他還有什麼異狀？」

霈林海苦思，一會兒恍然道：「他還向我道歉！他從來沒向我道過歉……」

「夠了……」天瑾帶著比平時更陰沉的表情轉過頭去，「我終於知道他為什麼總說你不可靠了……」

霈林海茫然。自己又做錯了什麼嗎？

天瑾道：「在解救樓厲凡之前，我們必須先知道他在哪裡。但是只有我們兩個人並不好辦，我們需要有更多有經驗和更高能力的人來從旁協助，當然還有專業能力者。」

「我的能力……」

「你的能力不行！」天瑾不耐煩的說，「空有一個大儲槽卻沒開關，除了樓厲凡，誰敢放手用你！」

——就算是事實也不要說得這麼清楚吧……

霈林海只能把苦往肚裡吞。

「還有，你去找校醫，向他報告這件事，看他有什麼回答。」

「校醫？可是為什麼不找校長……」

「讓你去你就去。」

天瑾和樓厲凡不同，樓厲凡會吼，她不會，她只是用那雙深幽而恐怖的眸子無情的盯著人就已經很有威懾力了。

現在她就在用她的眼神無情的瞪視著霈林海，霈林海立刻就投降了。

「……對不起，我現在就去！」

「嗯，向他報告後，你把這幾個人找來。」

她快速的唸出了一串名單，霈林海點頭，立刻開始著手準備。

羅天舞等四個人是一定在名單上的，另外再加上東崇和東明饕餮，這些人霈林海在之前都想到了。

可是他沒想到的是，竟然連花鬼和雲中榭也在名單中。他直到現在都沒弄清楚這兩個人到底算不算好人，尤其是那個花鬼，上次險些把他和天瑾弄死，而且聽說他在幾十年前還造成了拜特學院千名學生失去超能力，如果不是有帕烏麗娜的干涉，他和天瑾現在說不定還像廢人一樣在床上躺著呢。

想到這個他就不寒而慄，但既然天瑾要他聯絡他們，那就一定有她的道理——她永遠都是保護自己為第一位的，應該不會有問題。

除了東崇和東明饕餮與他們不在同一棟宿舍樓之外，其他的人不是隔壁間就是對門，所以沒多久時間人就找齊了。九個大男人加一個女人擠在小小的寢室裡，本來就不算大的空間霎時變得又窄又小，想站起來一下都覺得困難。

「我覺得……」蘇決銘發著抖在公冶耳邊悄悄說：「既然發生了這麼大的事，首先應該找家長嘛……家長不行就找學校嘛……學校不行就去找一般警察，一般警察不行就找靈異刑警……總有一個行的吧……幹嘛非得找上我們……」

「蘇決銘。」

天瑾陰鬱的聲音響起，蘇決銘打了個冷顫。

「有什麼意見就大聲點說出來，別在那裡嘀嘀咕咕。」

蘇決銘顫抖得更厲害了，「不……不不不不！我絕沒有任何意見！一切都聽您的！」

四人組齊刷刷的點頭。

「……但是我懷疑你們四個人到底有沒有用。」

「如果沒用的話就再好不過了！」

「……」

「這一次的事情就是這樣。」

天瑾把窗簾拉得更開一些，很少與外人接觸的她一下子擠在這九個男人中間，她覺得很受不了。

「我們的目的是找到樓厲凡，至於以後的事情，等找到之後再說。本來，只是單純尋找他的話，我自己就可以，但是現在他的能力由於霈林海的關係而增長了很多，我對他的感應已經消失了，再加上我不能確定他的位置在不在人間，所以我需要有人幫我加持功，否則我找不到他。」

「加持功啊……」花鬼掃了一眼房內的人，冷笑，「加持功有必要這麼多人嗎？連旱魃也弄來……」

「旱魃至少不是在押罪犯。」東明饕餮反脣相譏。

花鬼露出了一個輕蔑的笑，「你這種不入流的二級旱魃沒資格和我說話。」

「你說什麼！」東明饕餮拍案而起。

花鬼毫不示弱的站起來與他對峙。

東明饕餮氣急，挽起袖子就打算衝上去「教訓」他一頓，東崇從後面架住他，低聲軟語好言相勸。雲中榭坐在原處沒有動也沒有說話，只是給了花鬼一個眼神，花鬼看他一眼，緩緩坐下了。

天瑾抱臂冷冷的看著這群劍拔弩張的男人，直到完全安靜下來才開口道：「霈林海，你去找校醫了嗎？」

一直躲在角落裡發愁的霈林海一個顫抖站了起來，「去了。」

「和他說了情況嗎？」

「是。」

「他的回答？」

「……」

「不行對不對？」

「……」

天瑾環視了房內的人一圈，用陰沉的聲音慢慢說道：「你們都聽到了。不是我們不去向學校報告，而是這種事報告了，老師他們也不會管。入學的時候校規就已經說得很清楚了，只為死人賠付保險金，活人怎樣他們根本不予理會。樓厲凡已經是成年人，常規法律規定他愛去哪就去哪，我們報案也沒有用，除非我們在哪裡發現他的一隻手或一隻腳。《靈法》規定成年男子失蹤一個月以上才能報案，如果我們等到那個時候的話，樓厲凡大概連骨頭都不剩了。」

「我不明白。」雲中榭問道：「樓厲凡到底去哪裡了？既然妳感覺不到他的下落，又怎麼知道他的處境像妳想像的那樣危險？」

天瑾道：「我不是想像，他的處境的確很危險。第一，在他失蹤的前一天晚上，他家的封魔印發生過小規模異變；第二，樓厲凡離開學校之前，我曾經在他的衣服上感應到很嚴重的傷痕和血跡；第三，他那天晚上和霈林海討論了一些事，沒有結果，他們商定第二天再繼續，可是第二天他就消失了，沒有任何預兆。他到底危不危險，你們自己想。」

「難道是——」牆角裡的四人組顫抖的擠出了一點聲音，「封……魔印……」

「封魔印破裂了。」天瑾乾脆俐落的回答。

那四個人立刻鬼哭狼嚎了起來：「我們才不要去呢！這根本不是我們能幹的活啊！我們要退出——」

「那不行。」天瑾仍是乾脆俐落的回答，「我必須有你們的幫忙，必要的時候你們還必須充當炮灰，否則我的安全係數會降低。」

靜默。

那四個人跳起來，連滾帶爬的就往房外竄，「我們還不想死啊！救命啊——」

不幸的是，霈林海已經先他們一步站在了門口，一百九十公分的身高對那四個人造成了強大的壓力。

「霈林海——」絕望的號叫。

「很抱歉……」霈林海沉痛的說：「天瑾說，要救出厲凡，你們是必要的……」

「去做祭品的必要嗎！」四人大吼。

天瑾好像沒看到那四個人涕淚交流的樣子，繼續說道：「救不救他倒在其次，至少我們現在必須弄清楚他的方位。所以我需要你們來加持功，如果能和他的感應聯繫上的話，那就有辦法了。」

「那妳打算怎麼開始？」東崇問。

「我已經想好了……」

※◆◇◆◇◆◇◆※

傍晚時分，一行人帶著製造大咒式圈所需的一應物品，來到學校後山的鬼門附近。

羅天舞等四人對這裡沒什麼好印象，遠遠的看著被封鎖圈和蛇穴層層包圍的鬼門就開始雙腿發抖了。

「怎麼……又到這裡來呀……不是說鬼門附近是不能使用力量的嗎……用了的話就會出意外呀……」

「難道你們進去過？」霈林海驚訝的問道。

四人閉口不言。

天瑾卸下肩上的長劍，從背包中取出羅盤看一眼，找準某個位置，將劍用力插下，直沒入柄。她說：「鬼門附近的確容易發生意外，但不是每一次都會。而且這裡是氣場最強的地方，你們幫我加持功的時候才能達到最大的效果。」

花鬼道：「最大效果？難道我們幾個人的合力還找不到樓厲凡一個人？」他可不信憑他們能力的等級，還不能讓她感應到樓厲凡。

天瑾冷笑道：「那也得他就在我面前才行！離得這麼遠，力量的消耗怎麼算？說不定還要跨越異界，而且我和你們之間的力量又不完全相同，互相之間流通不暢，你覺得只有你們夠用嗎？」

花鬼氣得猛攥拳頭。

東崇卻淡淡的笑了起來。

「妳居然為了他這麼拚命，樓厲凡真是幸運。」

天瑾微微張大眼睛，總是泛著青灰或蒼白顏色的面頰竟浮現出一絲暈紅。

不過那只是一瞬間的事，天色也實在太暗了，所有人——除了東崇和雲中榭之外——都以為是自己看錯了。

「……快點過來幫忙，不要在那裡東問西問。」

恢復了面無表情的天瑾冷冷的說了這麼一句話，所有人都切身感受到了六月飛雪是什麼模樣。

大咒式圈的基底不難畫，難的是圈內鑲嵌的各式金銀圖案，必須小心的將金片和銀片修成需要的樣子，一個一個嵌入相應的圖案中。

不過，這些工作也只是比較瑣碎而已，直到開始鑲嵌大咒式圈陣眼的鑽石時，眾人才發現他們原本估計的十六顆鑽石根本不夠用，但現在這時間到哪裡去找鑽石？一干人等愁得頭髮都快白了。

所幸雲中榭想起上一次解除強奪咒式之後，他從大咒式圈上收回了部分鑽石，便立刻回去將剩下的鑽石取來，方才正好將大咒式圈完成。

等他們艱難的完成這一切的時候已經很晚了，月亮走到了他們頭頂的位置，皎潔的月光映照在那個精巧的大咒式圈上。

天瑾面朝樓厲凡家的方向，背靠插在地上的劍盤腿坐了下來。霈林海坐在她的對面，羅天舞、蘇決銘、樂遂坐在她的身後和左右，東崇和東明饕餮、雲中榭、公冶四人盤坐在大咒式圈的最外圍圈內，八個人全部面朝內，手呈劍字訣，指向天瑾。

花鬼一個人站在圈外擔任守護者的工作。當天瑾告訴他，他必須守在圈外的時候，他很是訝異了一番，她不是說特地要找他幫忙的嗎？

然而天瑾沒有給他過多的解釋，他也不想追著這個陰沉的女人問太多，只要能救出樓厲凡就行，別的事他並不關心。

天瑾閉上眼睛，深深的吐納了幾次之後，緩緩將雙目睜開。

「開始。」她說。

大咒式圈啟動，圈內八人同時向天瑾釋放出力量，八股強力的能量在相對來說太過狹小的大咒式圈內製造出了擁有強大風壓的龍捲，颶風在圈內呼嘯旋轉，四處亂竄，撞到大咒式圈的邊緣，轟的一聲又被彈走。

天瑾在颶風的中心，長長的黑髮被吹得高高飛起，她的全身放射出了金紅色的光芒，在那光芒的引導下，瘋狂的颶風逐漸圍繞著她旋轉起來。

花鬼看著這一切，心裡非常瞭解天瑾現在所受的痛苦。

就像被強行吸走能力一樣，被強行灌入能力的時候也同樣不好受。

在大咒式圈的幫助下，她雖然強行統合了八個人的力量，但卻不能完全駕馭。也正是因為這樣，她才會需要這麼多人，否則她能得到的力量本來就不是很多，再被互相抵銷之後，幾乎就什麼都不剩了。可是……

花鬼看看腳底，大地從剛才就一直在震顫，現在震顫得越來越厲害了。蛇穴中的蛇騷動不安，在這裡都可以聽得到牠們嘶嘶的聲音。鬼門的封鎖圈在不斷晃動，看來鬼門的生死氣機又開始混亂了，如果等一會兒發生鳴動的話……

他看一眼大咒式圈中的九個人，暗暗咬了咬牙。他並不贊同在鬼門附近設陣，但他必須承認天瑾的選擇沒有錯。

樓厲凡的失蹤和封魔印必定有很大的關係，如果真是和他猜測的一樣的話，那麼就可能牽涉到「異界」的問題，天瑾、甚至包括他和雲中榭，即使再加上那兩個旱魃，也無法打開通道與樓厲凡互通訊息……另外四個人則可以忽略。

只有在鬼門附近，生死氣機交錯混亂的時候才「有可能」達到這個奇蹟……

想到這裡，他忽然明白了天瑾為何讓他在大咒式圈外守護而不是進去。

這個大咒式圈只是用來統合力量的，內部的力量無法出去，外部的力量卻可以隨意進來，如果沒有一個人在外面進行守護的話，當鬼門氣機開始鳴動的時候，就是圈內的人被力量壓死的時候了。

「我是盾牌……原來如此！」

大地轟的一聲劇震，鬼門封鎖圈內驀然出現了巨大的吸力，伴隨著狂風開始向內吸入。

蛇穴內成千上萬條蛇幾乎是瞬間就被吸了進去，大咒式圈的周圍在這強大吸力的影響下也出現了不穩的現象，邊緣處的金銀片符叮叮噹噹作響，互相碰撞，眼看就快要錯位了。

花鬼張開雙臂，全身散發出強力的淡青色氣息，將整個大咒式圈保衛在自己的氣息下，大咒式圈立刻平靜了下來。

※◆◇◆◇◆◇◆※

學校中心，教學樓第一百四十七樓的樓頂，一個穿著黑袍的變態一隻腳踏在欄杆上往正在發出鳴動的地方看。宿舍管理員、校醫、帕烏麗娜、雪風、海深藍站在他的身後，同樣專注的看著與他相同的地方。

「出這種題，難了點吧。」帕烏麗娜抱著胸，冷冷的說道。

「用一個難題去解決另外一個難題可是他的強項呢。」海深藍涼涼的說著風涼話。

三個拜特同時回過頭來，「不要這樣說嘛……我們會害羞的。」

「你們也知道害臊！」帕烏麗娜笑了笑，撂下這句話之後，和海深藍一起離開了。

「妳們不看到最後嗎？」

帕烏麗娜頭也不回說道：「等真的有人死了再說。」

「……雲中榭也在那裡哎……」

「花鬼保不住他了再來叫我。」

一起目送帕烏麗娜她們離去，三個拜特的目光又投向了雪風。雪風冷笑了一下，那笑容和帕烏麗娜的如出一轍。

「別看我。我現在可是暫時辭去了副校長職務，有什麼問題等我復職了才會管，現在我不按法律把你們抓回去就不錯了。」

「可是你不是說有困難可以找你嗎？」校長大人滿懷希望的說道。

「是啊。」雪風又笑，「不過我是對帕烏麗娜說的，不是對你們。」

那變態被一棒打入了十九層地獄，他呆怔了一會兒，撲通一聲倒在地上嚎哭起來，「這又不是我的錯！這又不全是我的錯！這麼大的事為什麼全要我一個人承擔啊！」

「你活該吧。」

※◆◇◆◇◆◇◆※

鬼門中的氣流翻滾越來越強烈，明明有「生」的氣流影響卻無法吸走，讓鬼門的氣息比之前愈加狂亂。

由於花鬼身處鬼門和大咒式圈之間，又擔負著保護大咒式圈內九人安全的重任，所有氣機強行走動的風壓都壓在了他的身上，他仍然維持著剛才的動作，膝蓋卻在微微發抖。大咒式圈邊緣的金銀片符又開始顫抖，似乎快要堅持不住了。

——如果……如果這時候跳躍離開的話……

雲中榭好像聽到了他的聲音，忽然睜開眼睛向他低吼道：「堅持不住了就快點放手！」

花鬼勉強止住膝蓋的顫抖，忽然爆發出一聲大叫，全身的氣息暴漲了一倍有餘，大咒式圈再次穩定，花鬼的汗卻滴滴答答的滴落了下來，衣服上被沾濕了一大片。

「花鬼！堅持不住就放手！」雲中榭再次怒喝。

花鬼嘿嘿笑了一下，沒有回答他。

與此同時，天瑾的聲音正穿破空間的限制，不斷在虛空中呼喚樓厲凡的名字。

「樓——厲凡——」

「樓——厲凡——」

「你這個蠢材快點回答我——」

「樓厲凡——」

「你這個連封魔印都擋不住的笨蛋——」

「那妳來幫我抵擋一下封魔印試試看！」

不知何處的黑暗空間傳來樓厲凡狠狠的回答。

這麼沒有紳士風度的回答也就只有樓厲凡能說得出口了。

「樓厲凡——你在哪裡——」

「我？我怎麼知道！」樓厲凡破口大罵：「不知道是哪個混蛋把我關在這種沒上沒下沒半點光亮軟綿綿摸都摸不出是什麼東西的破地方！讓我發現究竟是誰幹的我一定殺了他！」

天瑾很想再問幾個問題，但現在沒時間了。

「樓厲凡——給我一個訊息——讓我知道你在哪裡，我拉你出來——」

樓厲凡靜了一下，而後問道：「妳有超空間的超能力？」

「沒有！」天瑾幾乎要尖叫了，**「但是有人正在幫我加持功——給我訊息——」**

樓厲凡卻好像完全不著急，又問道：「妳那邊有很強的波動干擾，你們到底在哪裡？」

「你管我們在哪裡——」

「如果是在鬼門，對你們太危險，不行。」

「不是——不是鬼門——」

「妳騙不了我。回去吧，我自己想辦法。」

「樓、厲、凡！給我訊息——」

霈林海的聲音忽然插了進來：**「天瑾！花鬼支持不住了，我們必須馬上退出！」**

「不行——我已經聯繫到樓厲凡了！」

「天瑾！我們還有機會！」

「少囉嗦！樓厲凡！給我訊息——」

黑暗中一片寂靜，沒有人回應。

「樓厲凡？！」

「天瑾、霈林海，離開這裡！」

「樓——」

「離開這裡！」

看不見，但是能感覺到有某種巨大的壓力屏障驟然出現，向天瑾兜頭壓來。

地面上，花鬼的氣息只剩下原來的一半不到，他現在只是勉強在保護著大咒式圈，鬼門的氣機根本不需要加壓，只要再這麼消耗一會兒，花鬼和圈內的九個人都會一起消失，誰也救不了他們。

——要怎麼做？要怎麼做？要怎麼做！

雲中榭看了花鬼一眼，皺起眉頭，身體弓了起來，似乎是想不顧大咒式圈而站起來去阻止花鬼，然而在他還沒有付諸行動之前，卻聽到從大咒式圈中心傳來天瑾的一聲尖叫，中心的劍以及大咒式圈內的鑽石砰砰砰砰炸了個粉碎，金銀片符也變成了粉末，大咒式圈的中央轟然塌陷，螺旋狀向四周迅速蔓延。

首先掉下去的是天瑾，然後是她對面的霈林海，羅天舞、蘇泱銘、樂遂幾乎是同時掉下去的，東崇和東明饕餮、公治掉下去的時間比他們晚一些，不過也只是晚幾秒鐘罷了。

雲中榭是最後一個掉下去的，因為在他下方的地面開始塌陷的那一剎那，花鬼放棄了自己已經毫無意義的護罩，一把拉住了他的手腕。

鬼門的混亂氣機消失，但大咒式圈留下的那個塌陷之處卻出現了強勁的吸力，黑漆漆不知通往何處的空間像黑洞一樣吸附著四周的東西。

花鬼被雲中榭的體重和洞中的吸力牽引，整個人趴到了地上，左手伸入圈中，死死的抓著雲中榭不放。

花鬼的左手從手臂一直到伸入圈中的部分浮起了一根根粗大的青筋，像鎖鏈一般浮凸於皮膚表面上。他的臉色忽青忽白，似乎有什麼讓他異常痛苦，連手也開始震顫起來。

「言字契約啊，花鬼。」雲中榭微微的笑了。

這個洞裡是其他的空間，也算是學校之外的領地，因此他伸入圈中的那部分肢體上的言字契約才會開始啟動。

「你還有力氣說話不如……想辦法上來！」

雲中榭笑著搖頭，「不行。」

「為什麼！」

「如果我上去，那你一定會死。」

「胡說——」

「這裡是另外一個空間，你雖然沒有整個人都過來，但是這隻手上的言字契約已經啟動了。如果我硬要用你這條手臂上去，你一定會掉下來，然後被言字契約絞殺。」

「那不可能！」

「花鬼。」

「快點上來！」

雲中榭笑了笑，更用力的握了握花鬼的那隻手。

「如果那時候我不是那麼貪婪的話……就好了。真抱歉。」

他的手驟然發出光來，花鬼只覺得手心一滑，雲中榭的身體已經掉了下去。

「雲中榭——！」

一旦失去了手中的東西，花鬼的左手立刻被那個詭異的空間彈了出去，他在地上滾了幾滾，握著手腕昏了過去。

塌陷只侷限在大咒式圈的部分，吸走的人也只限於大咒式圈之內，當最後一個人也掉下去之後，塌陷的空隙便又嚴絲合縫的補了回來，就好像什麼事情也沒有發生過一樣。

※◆◇◆◇◆◇◆※

霈林海睜開眼睛，閉上，又睜開。

背上很痛，他的脊梁骨說不定都摔出裂縫了。

渾身的肌肉大概也沒有好的了吧，全身都痛得要死，這種情況就好像上次特訓，被樓厲凡從山上踢得滾下來又遭到毒打之後的感覺差不多……

不過，這不是重點。

他再次閉上眼睛，用手揉了揉，再睜開。

「怎麼會……是做夢吧……那個……」他猛地坐了起來——全身的骨骼和肌肉發出了一聲悲鳴，他差點又倒回去。

他現在所在的是一個奇怪的地方。

天空是綠色的——很噁心的那種綠，還帶一點黃色；大地是黑色的，這倒沒什麼，也不是沒見過黑土地，問題是它的黑是黝黑黝黑的，還帶反光的那種。他右手前方有一片好像是海的東西，顏色是鮮紅的，就好像血一樣；天空上掛著一個和海水同色的東西，圓圓的，不太亮，大概是太陽……或者是月亮？

羅天舞、蘇決銘、樂遂、公冶四個人像疊羅漢一樣疊在不遠處的石頭上；東崇和東明饕餮在他的腳邊，東崇的一隻手還攥著東明饕餮的領子不放；雲中榭倒在距離他們較遠一點的地方，右腕上有一道清晰的抓痕，不知道是在哪裡受的傷。

——一、二、三……少一個……天瑾！天瑾呢？

霈林海忍痛爬起來，站在像蜂窩煤一樣的礁石上四處尋找，終於發現穿著白色裙子的天瑾躺在黑色的沙灘上，只不過大半個身子都被一塊石頭擋住了，所以他才沒看見。他跳下礁石跑過去，將快被正在漲潮的紅色海水淹沒的她抱了起來。

離近了才發現，雖然這片海的顏色和平時所見不同，但那裡面還是有生命的，證據是他看到了幾條長著鉗子的蛇從黑沙裡鑽出來，匆匆的竄到了海裡去。

「這……這到底是什麼地方啊……」

——對了，除了顏色不對之外，這裡好像還有其他的什麼地方不太正常……

霈林海四處看了看，當他發現海浪正在一波一波的拍打著岸邊的時候才想起來，這裡沒有聲音！

有風、有海、有生命，但是這裡沒有聲音！海上也空蕩蕩一片，沒有半隻海鳥！一切都靜寂得可怕，像是整個世界都死了一樣。

「是魔界呀……」

霈林海看著自己懷裡，發現天瑾已經醒了，他慌忙將她放下。

天瑾站穩身體，看著那血紅色的海水，嫌惡的退了一步。其他人也陸續清醒了過來，其中以那疊羅漢四人組聲明清醒的聲音最大。

「羅天舞！你他媽的壓死我了！」

「我的腰快斷了！都給我滾開！」

「哎喲媽啊！」

「疼啊——這是哪裡？！」

東崇緊抓著東明饕餮領子的手大概僵硬了，他們兩人正齊心協力的將他的手指一根一根扳開。

雲中榭醒得比其他人更晚一些，坐起來之後就一直為帶著青紫痕跡的手腕按摩，一臉的痛苦。

「妳剛說什麼？！這裡是魔界？！魔界？！那個傳說中的魔界？！」

天瑾淡淡的點頭，「嗯，這種噁心的顏色只有魔界才有。好像是初代魔王的興趣。」

霈林海想了想，一拍手道：「啊！這麼說這本書就要結束了是吧？勇士們到魔界消滅了大魔王，救出公主之後一統天下，真是玄幻小說的經典結局！」

天瑾冷冷的看著他，直到他訥訥的閉上嘴，才用比表情更冰冷的聲音說道：「你給我搞清楚，我們不是為了打敗什麼大魔王才到這裡來的，我們只是在和樓厲凡聯繫的時候不小心被拉到這裡而已。所以我們的目的是把樓厲凡弄出去，不要總想些無聊的事情。」

霈林海一怔，問道：「妳說厲凡在這裡？」

天瑾哼了一聲，霈林海不知道她是嗤之以鼻還是同意他的說法——或許兩者都有。

「當時我正在和樓厲凡聯繫，有某種東西忽然把我們隔開了，所以在那時候我拋出了感應線。」她攤開右手，手心中有一條似有若無的白線，一直連向海的另一邊，「但是時間太倉促，我來不及放長就被那東西壓住，所以才會被抓下來……」

「……」原來大家是因為這樣才被連累的……

清醒過來的人一個個呻吟著走到了他們身邊，好像每一個都摔得很重的樣子。

「現在怎麼辦？沒救出樓厲凡，我們先進來了……」

天瑾向霈林海說道：「當時感應線我拋出得太慌張，沒有確定那一端是不是真的黏住了樓厲凡。你和他一起的時間最長，而且他身上還帶著你的能量，你能感覺到他的所在嗎？」

霈林海仰首四顧，一會兒之後，失望的搖頭。

「完全沒有感覺。」

天瑾輕嘆了一聲。

「蘇決銘。」

蘇決銘緊張的一個立正，「到！」

「……不要那麼緊張，害得我都緊張了。」她面無表情的說著，接著舉起右手，「看見這條感應線了嗎？雖然不能確定目標是正確的，也不能確定有沒有人切斷它，不過這是我們唯一的線索了。你現在要做的就是用空間追蹤順著這條線找到目標，然後開一條相通的空間通道。」

蘇決銘汗如雨下的說道：「我……我不知道這條線有多長啊……我的力量說不定搆不到另一頭……」

「你想試試看還是現在就死？」天瑾陰森森的看了他一眼。

「我現在就試試看！」蘇決銘立刻做出了回應。

霈林海看看天瑾絲毫沒變的表情，忽然覺得她這種處事方式簡直就是樓厲凡的翻版——不，應該說，這兩個人原本就是很相似的，只不過表達方式不同罷了。

蘇決銘站在天瑾的後方，一隻手的手心放在距離她手背十公分的地方，低喝一聲：「空間追蹤！」

他的手心閃出晶亮的光芒，穿透天瑾的手背，順著她手中的線乍然向前飛去。然而那光芒飛行的時間沒有多久，甚至不到一秒鐘便又退了回來，啪的一聲撞回蘇泱銘的手心。蘇泱銘吐了一口氣，和天瑾同時放下手。

「怎麼樣？」

蘇泱銘有些不敢確定的看了看自己的手心，剛才發出光芒的地方有一個黑點，就好像被什麼東西燒焦了似的。

「被打回來了。」

「嗯？」

「沒來得及到另一頭，好像被什麼東西彈回來似的。」

天瑾望著紅海的另一邊，一言不發。

「天瑾……」霈林海看著她沒有表情的臉，有些擔心。

「我沒事。」天瑾看向其他人，冷冷的道：「追蹤是不可能了，只有親自去看一看，你們有沒有辦法？」

所有人一片沉默。

不要說沒找到樓厲凡，就算知道樓厲凡的下落又如何？

他們現在面對的是這一望無際的魔界紅海，沒有空間通道，等他們游過去，樓厲凡也該老死了——當然，他們也是。

過了一會兒，東崇好像想起什麼似的說道：「諸位，有誰擁有自由操縱符咒的能力？」

羅天舞、蘇決銘、樂遂同時後退一步，把可憐的公治暴露在了最前方。

公治哆哆嗦嗦的舉手，「我……」

東崇道：「既然那邊有人把空間追蹤打回來，便說明那裡確實有某些東西存在，我們到那裡去的話，應該能夠得知樓厲凡的下落——至少，我們也可以找到打回力量的人，說不定他是樓厲凡下落的知情者。」

雲中榭道：「空間追蹤被打回來，我們就算用空間裂洞過去八成也得被打回來，你想怎麼辦？飛過去嗎？」

東崇一笑，「沒錯，我們飛過去。」

所有人一驚，四人組的臉色更是白得跟紙一樣。

東崇伸手在公治身上一摸，公治還沒有反應過來，他已經從公治身上抽出了一疊符咒，刷一聲像扇子一樣綻開，正巧十二張。

「你怎麼摸出來的……」公治目瞪口呆。

東崇沒有回答他的話，繼續道：「這是飛翔咒，每人兩張，由這位先生啟動，天瑾小姐作為路標，我們順著感應線飛過去。」

公治囁嚅：「如果是一個人還可以……十二張的話……」

東崇笑道：「沒關係，我幫你加持，不過符咒的數量不是很足，必須有三個人留下，不能過去。」

天瑾沉默一下，開口道：「羅天舞、蘇決銘和公治留下，其他人一起走。」

被遺棄的三人組臉更白了，連白紙都比不上他們現在的臉色白。

「留……留在這裡？很危險啊！能不能通融一下？我們不要啊——」三人高聲慘叫，好像現在就要被殺了一樣。

「想一起去就游過去。」天瑾仍然面無表情的說著，「不過我不保證這紅海裡沒有奇怪的東西，不在乎就一起來，不然就老老實實待在這。」

那三人沉默，然後抱在一起開始痛哭流涕。

雲中榭忽然開口道：「只需要留下兩個人。」

所有人看向他。

「因為我會飛。」

大家這時才想起來，他不是學校裡那個囚犯花鬼，而是老奸巨猾、搶走了花鬼本體的雲中榭。現在的他不能算人，又比鬼高一個等級，對他而言飛行不是問題。

「那很好。」天瑾冷靜的說：「蘇泱銘和公冶留下，羅天舞跟我們走。」

羅天舞歡呼一聲，向著樂遂飛奔而去——在半途中被東崇一把抓住。

「你過來，幫個忙。」他微笑著說。

羅天舞的臉當即又垮了下來。

東崇抓住他的肩膀，讓他背對自己，羅天舞惴惴不安的轉身。東崇抽出兩張符咒啪啪貼在他的肩胛骨上，然後對公冶道：「你來啟動。」

依然為自己的苦命而悲傷的公冶不敢違抗，立刻走上前來，手貼在符咒上，啟動起全身的靈力，將靈能猛衝進去。

「飛翔咒！」

耀眼的光芒過去，所有人都呆住了。

羅天舞看不到自己的背，非常著急的問圍在自己周圍的人，「怎麼樣怎麼樣！翅膀呢？我能飛了嗎？我怎麼沒感覺啊？」

公治的臉泛出了悲慘的灰色。

東明饕餮張著嘴啊了半天，很不給面子的用巨大的聲音狂笑出聲，其他人也開始了毫無顧忌的瘋狂大笑，連天瑾的嘴角也勾起了詭異的弧度。

羅天舞慌了，問道：「怎麼回事？怎麼回事？！我的背上怎麼了？你們笑什麼呀！快點告訴我啊！」

他著急得轉來轉去卻看不到自己背面的樣子更是悽惶可憐，大家笑得更大聲了。

因為，無論是誰看到一個大男人背上揹著一對毛茸茸、嬌小可愛的小雞翅膀在那裡轉圈都會是這種反應的。

等笑夠了，東崇用有些發軟的手搭上自尊心嚴重受創的公治肩膀，忍笑道：「沒關係，這裡畢竟是魔界，你的能力不如外面，而且飛翔的技術總是最難學的，你不用太難受。我會為你加持功，放心吧。」

他伸出一隻手，好像搧風一樣在羅天舞的背後輕輕一搧，那對毛茸茸的小雞翅膀驀然暴漲、拉長，羽翼逐漸豐滿，變成了一雙驕傲強力的天使之翼。

這回大家都不再笑了，所有人齊聲發出一聲驚嘆。

羅天舞這回終於看到了自己背上的東西，興奮的動了一下肩胛，那對羽翼便強力的搧動起來，讓他整個人騰空而起。

他們依照這個辦法，在除了蘇泱銘和公治之外的所有人身上都安裝了翅膀，六對潔白的巨翼隨風飛舞，在這個詭異顏色的世界裡，彷彿墜入地獄的天使。

第9章 叩叩叩，魔王不在家

要進入魔界，很容易。

要想辦法救人，似乎也並不難。

可是這個過程嘛……似乎稍微辛苦了點。

翅膀的飛行並不是只靠法術，它是用法術安在人身上的「器具」，不使勁的話它是不會飛的。人不是鳥，骨頭沒鳥那麼輕，人的身體也不是用來飛的，所以即使安了翅膀，人還是不如鳥。

剛開始飛翔的時候，大家多少都帶了點興奮，但隨著時間慢慢過去，當他們發現盡頭依然遙遙無期的時候，這興奮感便逐漸消失了。

蘇決銘的空間追蹤是帶有光的性質，追蹤時的速度幾乎與光相當，雖然在極短的時間內被彈回，但只是這樣的距離就夠他們飛許久的了。

六對巨翼在紅海海面上急速飛行，從剛開始的情緒高漲到現在的精神疲憊，大家已經沒有什麼話好說的了，飛行的路途越沉默，這條路便顯得越來越漫長。

羅天舞和樂遂已經顯露出明顯的疲態。

天瑾一直看著前方專注的飛行，但臉色也有點不好。

東崇、東明饕餮、雲中榭和霈林海倒是不見多麼疲勞，但卻都露出了些許煩躁的表情，這種長途飛行太消磨人的耐性了。

「天瑾，妳能測出來還有多遠嗎？」霈林海問道。

天瑾沉默一下，道：「大概還有十分九的距離……」

東明饕餮刷的就掉下去了，他旁邊的東崇眼疾手快的揪住他的領子，使他免於墜入那詭異紅海的命運。

「小心點，你背上的符咒一被紅海沾濕就會失去作用。」

「我不想飛了！」東明饕餮憤憤的道。

東崇道：「我們的能力相通，現在我並沒有感到疲憊，你也要多堅持一陣子。」

「我不想飛了！」東明饕餮大叫，「照這種速度要飛到什麼時候！」

東崇的微笑仍然溫和，卻帶了一些莫名的煩躁情緒，「那你就停在這裡別走吧。」

東明饕餮更是心頭火起，「那你就放手啊！我留在這裡！」

「不要這麼任性！」東崇怒喝。

「我就是要留在這裡又怎麼樣！你有本事放手啊！混蛋！」

東崇低頭看他一眼，手忽然一鬆，東明饕餮大叫一聲，撲通落入水中，激起高高的紅色浪花。

霈林海大驚失色，「東崇！你怎麼真的把他扔下去了！」

東崇的眼睛斜斜的在霈林海臉上掃了一下。

「不聽話的孩子只有吃點苦頭才會老實。」

「……」

他都忘了，東崇其實是等於看著東明饕餮長大的，就算說是東明饕餮的養父也不為過。

但是……但是他總覺得現在的東崇和平時不太一樣，至少平時的東崇不管發生什麼事也絕不會一言不合就把東明饕餮扔進水裡，更何況還是不知道底下究竟有什麼東西的魔界紅海……
果然是飛行的時間太長，耐性都被磨光了嗎……
「救……救命啊——咕嚕……咳咳咳……救命——」
東明饕餮在水中載浮載沉，他背上的翅膀已經不見了，看來符咒的力量在紅海中果然會消失。
「他好像……不會游泳？」霈林海惴惴的問道。
東崇笑一下，「不，他只是碰到紅色的水就暈。」
「啊？」
「他不僅怕殭屍，也怕血——其實不是血本身，而是怕那是自己身上的血……他那時候受到的傷害，好像直到現在還在和殭屍一起折磨他。」
「啊……這樣啊……」
東崇緩緩飛低，拉住了就快沒頂的東明饕餮的衣服。東明饕餮被他從水裡緩緩拉起上半身，一雙眼睛怨毒的盯著他。
「別用這種表情。」東崇輕笑，「再恨也沒用，面對敵人時光用眼神是殺不死人的。」
東明饕餮哼了一聲，表情忽然變得很奇怪，然後他上身微微向後傾了一點，深深吸了一口氣——
「噗——！」
他狠狠的噴了東崇一臉紅水。

「哈哈哈哈哈！你說得沒錯！光用眼神是殺不死人的！哈哈哈哈！」

東崇氣得連頭髮都快一根根豎起來了，他用力抹掉臉上的水，右手一揚，東明饕餮帶著完美的弧度呈拋物線狀飛了出去，被霈林海接住。

「你要是再這樣，我就把你扔在這裡一輩子和魔界獸住在一起！」

好像是為了印證他這句話一般，一個小小的黑色影子出現在東崇下方的紅海中，那一片的紅海變成了暗暗的紅，那陰影不斷增大，就好像有一個巨大無比的怪獸正在從深海裡往上竄升一般……

天瑾首先發現異常，但是那陰影增大的速度太快，她只來得及喊出一句：「小心——」

那巨大的陰影從水中暴長出現，海水激起了樓房一般的滔天大浪。

東崇向下猛然打出一顆氣擊球，身體在瞬間竄升到最高處，只是身上沾了一些海水，並無大礙。不過羅天舞和樂遂就沒那麼幸運了，他們根本來不及反應就被捲入了海中，連泡都沒翻起一個。霈林海帶著東明饕餮導致速度不夠快，在空中飛竄幾次，方才勉強躲過了第一波的大浪。

從海中竄出來的那東西是棕黑色的，頭部尖，很長，基部很粗，上面有很多比他們的體形還大的吸盤，像是什麼東西的觸角。

那東西出來一下，又轟的拍入水中，打出比剛才更大的風浪，霈林海這一次就在大浪的中心，怎麼躲也不可能躲得過去了，當大浪侵襲至他的頭頂時，他咬牙將東明饕餮向東崇的方向一扔，隨即被捲了進去。

天瑾飛得比別人更遠一些，因此並沒有受到波及。雲中榭在發現波浪湧上的瞬間也飛上了一百公尺的高空，只是鞋子濕了一點，同樣沒有被捲入。東崇接到東明饕餮，身體由於重量而驟然降至海平面處，他只得拚力向後疾飛，大浪堪堪拍到了東明饕餮的背，沒能將他們兩個都打下來。

那東西好像並不會別的攻擊，只會用觸手不斷的拍擊海面，可即使如此，牠拍出的浪花對來不及反應的東崇來說也成了嚴重的威脅。

觸手再次升高，又以驚人的敏捷速度拍入水中，再次激起巨浪。

東崇帶著東明饕餮無法高飛，只得繼續後退，想到更遠一點的地方再想辦法攻擊。可是大浪一波接著一波襲來，讓他根本騰不出手，遠處的天瑾和雲中榭好像又在向他這邊呼喊著什麼，他的耳朵被大浪的聲音占據，完全聽不清他們到底在喊什麼。

雲中榭向他這邊飛來，不斷向他打手勢，他看了好一陣子才明白他在說自己的後面……後面？！

他沒來得及回頭，只聽咚的一聲，背部撞上了什麼東西，一隻翅膀撲啦啦的掉下來，化作一張殘破的符咒掉入水中。

——到底是什麼東西……

不過現在不是追究那個東西的時候，後有障礙，前有大浪，他此時根本無處可逃，一隻翅膀也支撐不了多久，他就算不被打下去也一定會自己掉下去。

他低頭看了一眼東明饕餮，不能讓他和自己掉下去，唯一的辦法就是把他扔到正往這裡飛來的雲中榭手中，只要這樣的話……

然而他才剛剛舉起東明饕餮，卻發現東明饕餮緊緊的抓住他的袖子，表情堅定異常。

他呆了一下。

「……你不要總是在不該懂事的時候亂懂事好不好……」

大浪捲過，紅色的大海上只剩下雲中榭和天瑾兩個人。

那觸手一樣的東西不知何時已經增加到了幾十根，嚴密的包圍著他們兩個，而剛才東祟碰到的地方就是其中一隻。

雲中榭舉起右臂，手上聚合起一顆耀眼的光球。

以他的力量──或者說是花鬼的力量──要打斷這些東西不難，把這東西完全打死也很容易，但就怕牠還有同夥。

他對魔界不太瞭解，這種東西是否群居他也不清楚，若是打死牠之後，卻聚來更多的東西怎麼辦？

他只猶豫了一下便欲將手中的光球擊發出去，卻聽天瑾在那邊大叫道：「住手！」

雲中榭皺起了眉頭，「妳要幹什麼，女人！」

「牠沒有惡意！」

「什麼？」

「不要打！」

「為什麼？」

雲中榭瞬間的分神讓那些觸手有了可乘之機，幾條觸手在他們吵架的當下猝然衝向前，以迅雷不及掩耳之勢給了他們一個迎頭痛擊。

在被拍進水裡的時候，雲中榭還在想——古人說得沒有錯，女人的話還真是不能聽……

然後，一片黑暗。

※◆◇◆◇◆◇◆※

再次醒來的時候，霈林海發現自己又是第一個清醒的。不過，這次他醒來不是因為昏夠了，而是因為四周晃得太厲害。

他仔細看看周圍的情形，這才發現原來自己正被那個打他入海的觸手拎著腰帶，其他人也基本上是同樣的姿態，一人被掛在一隻觸手上，看起來就像一個圓形晾衣架……觸手們在水裡浮浮沉沉，速度又比他們飛得快了不知多少倍，所以他才會覺得晃得厲害。

他試著用力晃動一下身體，那觸手紋絲不動，他的腰帶卻有點好像要斷的意思。他嘆了口氣，放棄了這個想法。

——這個東西到底是什麼？想把我們帶到哪裡去？牠想幹什麼？

他摸了一下拎著自己的那隻觸手，又滑又黏，除了吸盤之外，其他部位都很光滑……吸盤……吸盤？他戳了一下離自己最近的吸盤，那個吸盤微微顫動了一下。

——這個難道是……章魚？！

——這麼說……這傢伙難道是想把我們全部打昏，帶回自己的窩裡想怎麼吃就怎麼吃嗎……不要啊！

想到這裡，霈林海的頭皮都開始發麻了，他立刻抓緊腰帶，開始拚命的前後搖晃，試圖甩脫牠。

「別晃了。」

他向聲音的來源處看過去，發現天瑾也醒了。

「可是牠想吃我們！」霈林海緊張道。

天瑾面無表情的說：「牠才懶得吃你，牠是來接我們到海的另一邊去的。」

「啊？」

天瑾拍拍捲著自己腰部的觸手道：「你沒發現牠其實什麼危險的攻擊也沒有做？只是拍起一點水花把我們打下去而已。」

「……那是『一點』水花嗎……」

「我不清楚對方是誰，不過的確有人命令牠把我們帶到海的另一邊去，理由是我們的速度太慢了。」

「嫌我們速度慢？」霈林海立刻想到一個人，「是厲凡嗎？」

「我也不知道，不過我想不是他。」

霈林海驚訝道：「為什麼？」

「因為牠的身上沒有樓厲凡的『意念』。」

沒有樓厲凡的「意念」，說明牠從未見過樓厲凡。那麼，對方會是誰？

「我現在唯一可以確定的一點就是，對方想讓我們過去。但究竟是好意還是惡意，我就不清楚了。」

※◆◇◆◇◆◇◆※

那東西果真將他們帶到了海的對面，隨即像丟垃圾似的將他們一一丟在黑色的沙灘上，然後自己很高興的高高躍起，嘩啦一聲跌入海中，迅速游走。

在牠躍起的一瞬間，霈林海看到了那東西一直隱藏在水下的頭部，他只覺得自己好像被一棒重擊，張著嘴險些沒暈過去。

那是一顆巨型鯊魚頭，上面長著幾十隻章魚觸手……

「剛……剛剛……剛剛那是……什麼？！」霈林海發著抖問。

「鯊頭章，魔界特產。」雲中榭大概是剛才被摔得很慘，躺在沙灘上一動不動，「據說很美味，不過前提是你在吃牠之前沒有被牠吃掉的話。」

「誰會去吃那種東西……」

東崇站起來，拍拍身上的沙子，順便把被摔得不能動彈的東明饕餮也拉起來。東明饕餮看看他，表情非常歉疚。

東崇無聲的嘆了口氣，「我沒事，你不用露出這種表情。」

東明饕餮沒有說話。

天瑾往四周環視一圈，指著遠處一座宏偉的建築道：「就是那裡。」

所有人朝她指的方向看過去，齊刷刷的白了臉色。

那是一座宮殿，通體烏黑，頂部有一對牛角似的東西，其下為塔式，上大下小，有許多類似藻類的東西掛在上面迎風招展。

大家當然不是在驚訝它上大下小的樣子，當然也不是因為它上面掛著海藻，而是……

「魔王神邸！」

那是從小學靈異課本上就反覆出現的東西，據說是魔王所住的地方，裡面有一萬頭怪獸和一千個魔將軍守護，還有血池地獄和刀山火海，人類一進去就會被放在上面做成燒烤……

東明饕餮發起抖來，「如果是魔公爵我們還能……還能一戰……這個魔王的話……」

連雲中榭的表情也開始變得沉重。

羅天舞、樂遂躺在沙灘上，從醒來開始他們兩人就用很淒厲的聲音慘叫著，霈林海還以為他們哪裡又被摔骨折了，過去替他們檢查之後才發現連輕傷都沒有，看來只是患了「不想戰鬥」的病罷了。

「你們打算怎麼辦？在這裡待著等嗎？」

兩人拚命點頭。

「休想。」天瑾走過來，隨意的在羅天舞的腿骨上踩了一腳。她的鞋早已不翼而飛，但僅是光腳的力度就已經足夠讓羅天舞放聲號叫了。

「不要啊！求求妳！我們去！我們去呀！」

天瑾冷哼一聲，鬆開了腳。

他們這邊緊張萬分，與之相反的是，東崇卻大笑起來，邊笑邊往魔王神邸走。

「東崇！」

「沒關係的。」東崇回頭笑道，「來吧，魔王不在家。」

東明饕餮叫道：「你怎麼知道魔王不在家！」

東崇看看他，好像在忍耐什麼似的拚命咬住嘴脣，含含糊糊的說道：「這個嘛……其實我在一千多年前見過他一次，那個時候……嗯……我們打敗他……嗯，把他封起來了。」

——打敗魔王？！

所有人都吃了一驚。然而，仔細再看看東崇，他一副忍不住想做什麼表情卻拚命忍耐的樣子，語調也有些怪異，說話的時候更是結結巴巴的，怎麼看怎麼不自然。

「你真的打敗魔王了？」東明饕餮懷疑的問道。

東崇笑了笑，卻不回答。

「總之你們知道有這回事就行了，魔王現在也的確不在家。樓厲凡在那裡對不對？我們去把他救出來吧。」說完他便向那裡走了過去。

一行人將信將疑的跟在他的身後，心中充滿困惑。

走進一些才看清楚，那些好像海藻一樣的東西其實是深綠色的幡，由於年代久遠而顯得破破爛爛，從遠處看就和海藻沒什麼兩樣。

整個魔王神邸由某種不知道什麼質地的黑色金屬鑄造而成，離近一些來看，各處都閃爍著冰冷的光芒，彷彿遠古時代的冷兵器。

「魔王……真的不在嗎？」霈林海仰頭看著這座宏偉的建築，困難的問道。

「這一點是絕對沒錯的，不過……」

一聽東崇說魔王真的不在，羅天舞和樂遂立刻興奮的率先上前，用力去推那扇黑色的大門叫道：「讓我們試試這魔王的門——」

「聽我把話——」

大門在毫無預兆的情況下吱哇一聲打開，卯足了勁開門的兩個人咚的一聲趴在了地上，被從裡面湧出來的黑色盔甲戰士踩得轉眼間不見了蹤影。

「……魔王是不在，不過他守門的魔戰士在啊……好像晚了。」

「救……命……啊……」

被踩得半死的那兩個人哪裡還聽得見他的馬後炮啊。

走在最前面的黑甲戰士手中揮舞著大刀，虎虎生風的一揮，刀尖準確的指在了最前面的天瑾鼻子上。

「呔！何方妖孽！膽敢前來魔王神邸撒野！」

七位學生：「……」

——你們這些魔王的屬下有什麼資格罵別人是妖孽……

天瑾的表情變都沒變，道：「我們是來找人的，能否將我們的朋友還給我們？」

那位黑甲戰士又揮舞了一遍大刀，在她面前一指道：「呔！何方妖孽！膽敢前來魔王神邸撒野！」

天瑾無言，這個人不會是有問題吧？

「我們的朋友被人關在這裡，我們只是想接他回去。」

黑甲戰士依舊堅持不懈的揮舞著大刀指在她的鼻子上，「呔！何方妖孽！膽敢前來魔王神邸撒野！」

「……」現在大家可以確定了，這位戰士的腦袋真的真的有問題。

「好了，走吧。」東崇笑著說：「這些守門的只是木偶而已。」

「木偶？！」

「魔王不在，魔戰士也就只是木偶罷了。」

「什麼意思？！」

東崇呵呵一笑，縱身躍起，將黑甲戰士們的腦袋當成踏腳的石頭，瀟灑的飛身而過，轉眼間便已落到了人群後面。

「魔界的大部分人民都因為魔王被封印而覺得無聊，於是修煉的修煉、旅遊的旅遊，剩下的也因為他們自己的強制睡眠而處於假死狀態，這扇大門根本不需要誰來看守，那些都是機器人，性能不錯，就是型號老舊了點，顯得比較呆。」

——魔王居然也用得著科技嗎？

霈林海一跺腳躍起，從黑甲戰士們的頭頂上滾翻飛過。姿勢是笨了點，不過幸好沒有碰到刀尖。

「難道魔王不是那種在高科技時代也只用大刀長矛、騎著怪獸的生物嗎？」霈林海驚訝的問道。

東崇斜眼看他，「高科技時代當然有高科技時代的好處，騎著怪獸和導彈對抗可不是明智的選擇。」

霈林海默默點頭，對他的看法深以為然。

在他們說話的時候，其他人也使用了各種方式從黑甲戰士們的頭頂飛身踏過，黑甲戰士們果然沒有阻攔，連動一下的人都沒有，只有最前面那個傻瓜還在「呔！何方妖孽……」的揮他的大刀。

對於被踩踏在黑甲戰士們腳下的羅天舞和樂遂該怎麼辦，霈林海發了好久的愁。不過很幸運的，那兩個人終究從戰士們的鐵蹄下掙扎著爬了出來，還帶著一臉的鮮血慘叫：「我們要死了……」

「沒死就閉上嘴。」天瑾冷冷的說道。

那兩個人果然閉了嘴。

魔王神邸內部和外面一樣，安靜得讓人覺得詭異。外面多少還有那個奇怪的太陽發出的光亮，可這裡面卻是兩眼一抹黑，只有遠遠的一盞小燈忽明忽暗，把這個已經很詭異的黑暗空間映照得更加陰森。

眾人摸索著循著燈光走過去，發現那小燈原來是一條通往地下甬道的廊燈，甬道中每隔十個臺階便有一盞小燈掛在壁上，不過即使如此也不明亮，因為這些小燈實在太小了，只勉強算是有道光而已。

東明饕餮道：「這不是往下面的甬道嗎？要往上怎麼走？」

東崇反問：「為什麼要往上走？」

「……這裡是地下室吧……」

「不對。」東崇大笑，「魔王神邸是在下面！上面那個只是裝飾！」

東明饕餮眼睛睜得很大，驚訝的問道：「下……下面？！」他的腦袋裡瞬間閃過「地老鼠」之類的大不敬詞彙，然後立刻把那些念頭甩開。

「這是魔王的興趣，他好像很喜歡地下。」

「……那上面呢？」

「實心魔鐵製造，想上去就只有挖洞。」

——這位魔王大人的喜好除了顏色之外，其他的好像也不太正常啊……不過也難怪……

魔王嘛……

所有人都在心裡這麼對自己解釋。

「而且……」東崇說道：「樓厲凡也在這下面，對不對？天瑾？」

天瑾攤開手掌，感應線在小燈的照耀下熠熠生輝。

「沒錯，是通往下面的。」

「但是──」雲中榭雙手抱胸，提出了一個縈繞在所有人心頭的疑問，「你這個旱魃，對魔界這邊倒是很熟嘛。」

「是嗎？」東崇笑著，模稜兩可的說了這麼一句便率先走下地下甬道的階梯。

霈林海等人跟在他的後面魚貫而入，傷痕累累的羅天舞和樂遂磨蹭了一會兒，還是跟了過去。

甬道極長，蜿蜒而曲折。

眾人跟在東崇的後面，折來折去的轉了無數個圈，方向感已經被轉了個一塌糊塗，除了知道他們是在往下走之外，其他的就一概不清楚了。

「這條甬道到底有多長！」東明饕餮暴怒的跳腳。

「嗯，很快就到。」東崇的語氣很肯定。

「半個小時前你就這麼說了！」東明饕餮大叫。

「哎，是嗎？」

仍然是平靜得讓人想砍他的聲音。不知道剛才那個對東明饕餮發火的他藏到哪裡去了。

「你……你在耍我們！混蛋！」

「真不好意思。」東崇回頭，溫和的一笑。

東明饕餮撲上去就要和他拚命，卻被他拉住手臂往前一抓，面朝下扛在了肩上。

「我知道我知道，你不想走路了是吧？你這孩子真不聽話。」

「誰不聽話！不要再把我當成小孩！你這個萬年不死的殭屍！」

「哈哈……」

「妳覺不覺得……」霈林海在天瑾身後小聲的說著，「自從進了魔界之後，東崇好像就有點不太對勁，剛才那麼煩躁，現在又這樣……好像哪裡故障了似的……」

「的確有故障。」天瑾聲音平板的回應。

「……」其實妳也是啊……霈林海在心裡說。在與樓厲凡無關的事情上就一副事不關己的樣子，連話都說得少，這也做得太明顯了吧……

霈林海忽然站住了腳，側耳傾聽著什麼。

「怎麼了？」

「我好像聽到了很熟悉的聲音……」

聽到這話，大家紛紛豎起耳朵傾聽，卻只聽見一片更甚剛才的寂靜，哪裡有霈林海所說的什麼聲音。

「唔，也許是我聽錯……」

霈林海正想道歉，卻聽平地驚雷的一聲大吼，羅天舞和樂遂跌坐到了地上，其他人捂著耳朵紛紛走避。

「侵入者何人！報上名來！」

那並不是他們當中的任何一個人喊的，當然也沒有出現第八個人對他們喊這一聲，那聲音就好像是從牆壁中穿出來的，震得牆壁也嗡嗡作響。

「又是木偶？」天瑾問。

東崇放下東明饕餮，抬頭看著頂部，「不，這聲音好像是……」

「我是魔女爵！來者何人！」

五雷轟頂！

大家張嘴愣住了。

魔女爵，魔王的妹妹，相當於魔公主，地位僅次於魔王。不過，這也只是從課本上聽說的，他們誰也沒有親眼見過——除了東崇之外。

似乎沒想到對方竟會是魔女爵，東崇愣了一下，道：「啊……我是旱魃東崇，我們的朋友被請到魔王神邸來了，我們想接他回去……」

「你們的……朋友？」那威嚴的女聲發生了微妙的變化，「哪個朋友？」

東崇道：「他叫樓厲凡，我們的遙感師測出他在這裡，能否請魔女爵高抬貴手……」

女聲驀然尖利起來：「樓？！你們是要找樓？！是樓家的人讓你們來的嗎！」

「啊……？」

「回去告訴他們！他家的孩子我是不會還的！我要讓他在這裡一直關到老死！啊哈哈哈哈哈哈……」

東崇沒來得及再說什麼，女聲已經狂笑著漸漸遠去，聽不見了。

東崇看著甬道頂端，眼神有些呆滯。

「魔……魔女爵就是這麼不講道理的嗎？」霈林海顫抖的問道。這個聲音他有點熟……

不，是很熟……或者說，是非常熟。但是、但是……他怎麼也想不起來到底是在哪裡聽過這聲音的……

「不……」東崇緩緩搖頭道：「魔女爵是很溫柔的人，不過卻不能受刺激……又是誰刺激到她了？」

「她是雙重性格嗎？」東明饕餮問。

東崇沉默。

一直沉默的雲中榭忽然開口道：「這倒不是重點，問題是她為什麼會出現在這裡，還抓了樓厲凡？」

大家的表情變得凝重起來，除了霈林海。

「魔女爵出現在魔王神邸很不正常嗎？」霈林海非常疑惑的問道。

「……你不瞭解情況。」天瑾說。

「所以我不是在問嗎……」

天瑾沒理他，轉頭對其他人道：「時間不多了。」

「什麼？」

問出這句話的同時，霈林海感到了某種極強的震動，這種震動很有節律，隨之而來的還有同樣有節律的聲音。

「咚——咚——咚——咚——咚——咚——」

就好像是——

剛才被他們甩在後面的羅天舞和蘇泱銘一路慘叫著狂奔而來，一邊跑還一邊大叫：「快逃啊！有大石頭追過來啊——」

對了！就好像是大石頭在甬道的臺階上滾動的聲音！

包括天瑾在內的眾人只怔了一秒鐘，齊齊大喊一聲，轉身就往下狂奔而去。

如果現在有人能通過又厚又硬的石壁看到這條甬道的話，那麼他所看到的必定是這樣一副情景——四男一女在最前面不要命的狂奔，他們後面是兩個跑得快斷氣的男子，這兩個人後面則是一塊比他們七個人加起來還大的石頭不緊不慢的在後面追，每下一段階梯就發出把人震得發抖的「咚——」一聲。

「這裡不該有這種東西的！」東崇回頭怒喝：「你們兩個幹了什麼！」

「我們什麼也沒幹呀呀呀呀呀——」

那兩個人在門口的時候本來就被踩踏得受傷挺重的，這會兒又不得不疲於奔命，很快就不行了。

「救命——救——我們跑……跑不動了……」

前面的人離他們越來越遠，身後那要命的石頭卻離他們越來越近，再這麼下去，他們肯定會變成人肉柿餅！

霈林海叫道：「東崇！你有沒有什麼辦法！」

東崇回頭道：「我能有什麼辦法——他們有什麼超能力？」

「詛咒和水淨！」

「那就用詛咒打碎大石以後用水淨化，這是唯一的辦法了。」

羅天舞和樂遂慘叫：「可是我們……沒……沒辦法停下來施法啊！」

東崇一腳踩錯臺階，趔趄了一下。

「怎麼連這種笨蛋也弄來當助手……」

天瑾用陰沉的眼神狠狠瞪他。

「那就沒有辦法了……這樣吧！」

東崇跑得慢了點，逐漸落到了其他人的後面。然後他忽地一個轉身，僅以腳尖一點地，同時雙手向前猛推那塊大石，大石的速度立刻減緩下來。

「你們兩個提升靈力，推住它！」

羅天舞和樂遂回身，雙手猛推大石，石頭緩緩滾落兩個臺階。羅、樂二人再提升能力，用力上推，石頭終於停住了。

東崇收回手，確定那塊大石不會再滑落，便拍著那兩個人的肩膀道：「這樣就行了，從手心中發出爆裂詛咒總可以吧？」

「是！」

羅天舞剛要發力，卻聽天瑾忽然插口道：「不行！」

「咦？」

天瑾一指那兩個可憐人，道：「你們就推著它待在那裡，不准移動，在聽到我的命令之前不准讓它掉下來。」

那兩人可憐巴巴的看著她，「可是我們支撐不住……」

「支撐不住就去死，總之沒有我的感應呼喚前讓我發現你們鬆了手，你們就死定了。」

「……」如果鬆了手，他們肯定會變成肉泥，哪裡還有可能等她回來制裁他們啊……

霈林海結結巴巴的叫道：「天……天瑾，他們萬一……」

「我說了支撐不住就死。快一點，我們還要去救樓厲凡出來。」

「……」妳對救樓厲凡的事倒是相當執著吶……

於是，可憐的羅天舞和樂遂只有眼睜睜的看著他們慢慢走遠，連哭都哭不出聲來。

甩下了那兩個悲慘的人，霈林海的心中始終惴惴不安，時不時便回頭看一眼，想到臨走時他們的眼神就實在安不下心來。

天瑾卻毫無歉疚之心，跟在東崇後面，步伐走得極快。

雲中榭看著她的步伐，不知為什麼覺得有些不對。她的速度原本沒那麼快的，現在卻越來越快，連他們都快跟不上了，甚至連東崇也逐漸被她甩到了後面，和她漸漸拉開了距離。

——她到底是想幹嘛啊……

走著走著，霈林海忽然覺得有人在自己耳邊吹了一口熱氣，他「啊」的一聲大叫起來，聲音與甬道四壁碰撞出嗡嗡的回聲，震得其他人立刻捂住了耳朵。

「霈林海你鬼叫什麼！」東明饕餮怒道。

霈林海很委屈，「剛……剛才有人在我耳朵上吹氣……」

「沒人有那個閒心在你耳邊吹——啊！」那「氣」字還沒說出口，東明饕餮也捂著脖子跳了起來。

東崇問道：「怎麼了？」

東明饕餮縮了縮脖子，「好像……好像也有人在我的脖子上吹……吹氣……」

寒風吹過，幾乎每個人的脖子或耳朵上都感覺到了那種癢酥酥的、好像被人吹了一口氣的感覺。而之所以說「幾乎」，則是因為天瑾例外。

大家隨即聽到了不知何處傳來的女性的嬌笑聲，那聲音很軟、很嬌憨，是讓所有男人聽到都會骨頭發軟的那種聲音。

嬌笑聲圍繞著他們不斷旋轉，就像有許多看不見的女孩在他們周圍轉來轉去。

在這種地方當然不會有什麼豔遇發生，這種只聞其聲不見其人的事情也只有「異常」這個詞可以形容，所以他們握緊拳頭，身體的肌肉緊繃，開始緊張了起來。

一些模模糊糊的影像在四周開始逐漸浮現，那是一群看不清楚面目的女孩，手拉著手圍成一圈，將他們圍在圈內跳舞，口中唱著他們聽不懂的歌。不過她們的歌詞非常押韻，聽起來十分舒服。

「她們在唱什麼？」東明饕餮緊張的問道。

東崇靜默了一下，「……我不知道。」

「你不是什麼都知道嗎！」

「我也只活了三千多年，不是什麼都知道的。」

「……只……」……「只」活了三千多年啊……

「是咒語。」雲中榭忽然說道。

霈林海道：「你聽得懂？」

雲中榭笑了笑，「為了強奪咒式，我曾經翻閱過很多資料。這應該是魔界下層某個少數民族的語言，很少有人知道。」

「她們在說什麼？」

雲中榭沉默。

「你不會是沒聽懂，騙我們的吧？」東明饕餮嘲諷的說道。連東崇都不知道的事，這個奇怪的人怎麼可能知道！

「……你們確定要知道？」

天瑾冷冷的問：「有什麼不能知道的嗎？」

雲中榭又笑道：「沒什麼不能知道的，只是怕你們知道了後悔。」

「……？」

「她們唱的是『身體好呀工作好，家庭好呀賺錢好……』，基本上就這兩句了。」

另外四人一跤滑倒。

「這……這算什麼咒語！」東明饕餮叫道。

雲中榭依然在笑，「這的確……就是咒語。」

一個女孩的臉驟然變得清晰而猙獰，一個身穿盔甲的骷髏戰士從她身上一躍而出，手執長長的鐮刀向他們砍了過來。

首當其衝的是距離那女孩最近的天瑾，她反應極快，在鐮刀攻過來的瞬間向後平躺，堪堪躲過了攻擊。不過她身後的霈林海卻因閃躲不及而被劃傷了背部，所幸傷口並不深，只出了很少的血。

雲中榭：「打它的頭部！」

東明饕餮趕緊上前，左手在那骷髏的頭部一拍。骷髏吼叫一聲，頭部被拍成了粉末，身體也隨之化作粉末消失。

一個骷髏消失，女孩們的身上又跳出了更多的骷髏戰士，舉著鐮刀向他們砍過來。

霈林海本能的左右閃躲，然而他處在邊緣，每當他的身體由於晃動而碰到唱歌的女孩們時都會感到一種強硬的阻力，被強行彈回原處。

他抓住前方骷髏手中的鐮刀，在面前劃了一個半圓，三個骷髏被他打斷了頸骨，跌倒在地上消失。他反手抓住手邊這個骷髏的頭，靈力從手心衝出，那頭骨砰的一聲被擊成了千片萬片，那些破片碰到女孩們的身上，同樣在叮的一聲脆響後被彈了回來。

霈林海看看其他人，發現他們也和自己是同樣的情形，無論怎樣左衝右突，始終都在女孩們圍成的圈中，無法突圍。

他分神之際，兩把鐮刀同時向他砍來，霈林海一個後空翻，腳尖在女孩們圍成的屏障上一點，果然不出所料，那無形的屏障上立刻出現了強烈的斥力，他根本不需要用力便被推得飛向剛才攻擊他的兩個骷髏。

兩把鐮刀交錯向他砍下，他雙手瞬間現出一對光輪，毫不在意的向它們的頭部打去，骷髏頭碎裂成細碎的粉末，兩把即將插入霈林海背部的鐮刀也同時碎裂、消失。

霈林海平穩落地，表情微微有些自得。

天瑾推碎一個骷髏的頭，回頭對他道：「你到這裡來以後能力是不是增強了？……不，應該說你的技巧好像更熟練了。」

「是嗎？」霈林海在原地一滾，躲開身後出現的奪命鐮刀，一腳踢碎了那個骷髏，「我自己也覺得好像比以前更——」起跳，空中翻滾，踢爆兩個骷髏，所有動作一氣呵成，毫無瑕疵，「得心應手一些！」

「哦……」

骷髏很好對付，幾乎都是一個手起刀落就解決了。

問題是它們好像永遠殺不完似的，殺一個再出來一個，殺兩個再出來一雙……就算是切韭菜也有累死人的時候，更何況是這樣！

不知多少時間過去了，他們面前的骷髏戰士依然只增不減，可是他們的耐性已經快被磨光了。

「那個雲中榭！」東明饕餮好像有點崩潰了，一面大叫、一面奪過一把鐮刀死命砸著其中一個倒楣骷髏的頭，「既然你知道這咒語是什麼，那就肯定知道怎麼解決這些東西吧！想想辦法啊！還有那個陰沉的女人！妳不是會遙感嗎！別光打！累死我了！」

那個可憐的骷髏已經被他打得所有骨頭都變形了，可他還是拚命揮舞著那把鐮刀死命的砸，最後還是東崇看不過去，抓住他的武器給了那骷髏戰士一個痛快的死法，這才結束了他單方面的虐殺。

雲中榭沉吟：「這個……」

「你到底有沒有辦法！快說——啊！東崇你幹什麼！」

東崇拉住這個暴躁的人的後領，接著一個水平大旋轉，不少骷髏在東明饕餮的腳下魂飛魄散。可惜他們的動作太大，也不小心誤傷到了天瑾，她鐵青著臉手舉鐮刀開始猛追東明饕餮，東明饕餮一邊慘叫、一邊飛逃。東崇則聚精會神的攻擊下一批敵人，對他們的情形視而不見。

雲中榭一邊對付自己面前的敵人，一邊說道：「這些骷髏戰士並不是實體，它們是那些唱咒的孩子們創造出來的東西，要消滅它們，首先必須消滅那些唱咒者。」

東明饕餮叫道：「那你不早說！」

躲過天瑾的鐮刀頭，卻沒躲過鐮刀柄，他被砰一聲打貼在其中一個女孩的胸部，又在金光一閃之後被打得摔在了地上，躺在那裡呻吟不斷。

「……我話還沒說完，你那麼著急攻擊幹什麼？」

「我……我才不是……」

幾把骷髏的鐮刀同時向東明饕餮當頭砍下，危急時刻，東崇自虛空中一抽，手中多了一把長刀。長刀在他的手中上下飛舞，在還沒有看清楚軌跡之前，那幾個骷髏便已化作這世上的塵埃，連痕跡都找不到了。

雲中榭輕鬆避開一個骷髏的攻擊，轉手抓住另一個骷髏的鐮刀長柄，將它和身後的那個骷髏又成了串燒。

「雖然說打散那些孩子就能脫困出去，但最大的問題也在這裡。那些孩子其實不在這個地方，她們在一個我們看不見的地方唱咒，卻能影響到這裡，而我們必須先找到她們，然後才能破壞這些虛影。」

「虛影？！」霈林海不小心一腳踢到結界上，痛得抱著腳直跳，「這……這效力可不像是虛影！」

「所以我們才會被困在這裡動彈不得。」雲中榭踢飛一個想偷襲的骷髏，輕鬆的說道。

「那怎麼辦！」東明饕餮一個掃膛腿，一圈骷髏戰士倒下摔散了，不過還有一顆頭骨完整無缺，張著森森的牙齒就卡嚓卡嚓的向他咬了過來，東明饕餮嚇得四肢著地爬著逃走。

「所以——」東崇躬身閃過攻擊，淡淡的道：「如果有會開異空間的人就好了。」

「你怎麼不早說！」除天瑾之外的三人叫道。

天瑾「啊」的一擊掌，大家以為她有了什麼好辦法，都欣喜的回過頭去——

「怪不得我的感應說蘇決銘這次會有用，我還以為他只是用來開通道和樓厲凡聯繫的。真可惜，讓他留在紅海那邊了。」

「……」眾人沉默。

——妳就不能表現得更惋惜一點嗎？用那種無表情的臉說這種話算什麼意思……

但即使沒有蘇決銘，突圍還是要做的，不能總待在這個地方和這些骷髏玩到死吧。

東崇道：「就是因為比較麻煩，所以我一直在思考應對方式，但是卻毫無頭緒……你們有什麼辦法嗎？」
霈林海一邊對戰、一邊陷入沉思，腳下小心翼翼的退了一點。
天瑾打倒一個骷髏戰士，另一隻手抓住霈林海的後背心，猛地將他推到了雲中榭面前。
「就用他吧！」
「不要啊！天瑾——」
霈林海想逃，被雲中榭一把抓住了衣領。
「你有異空間能力？」
「不——我——」
「除了靈感力外，他是全能的。」天瑾插話。
「可我什麼都不精啊！」
「空間你可以開多大？」
「單……單向的半徑一公尺，雙向的直徑五十公分……」
「夠用了。」
「還有我不常用！會開錯地方！」
「你剛才不是說自從到這裡以後，能力變得更得心應手了嗎？」
「但是我沒試過超能力……」
在說這些話的時候，他們還在和那些骷髏戰士玩著攻擊與被攻擊的遊戲，霈林海說出這句話後，雲中榭忽然停下動作，一把抓住了一個退到身邊的骷髏頭骨，啪一聲捏了個粉碎。

「今天你做也得做，不做也得做！所有人就等著用你一個人的超能力逃出去，你看你這一臉懦弱無能的模樣！怎麼配擁有這麼強的能量！」

霈林海全身一震，垂下眼睛道：「對不起……」

「用不著跟我說對不起，真覺得抱歉的話就和樓厲凡的屍體說去！」

霈林海一驚，「厲凡他——」

雲中榭冷冷的道：「他應該還沒死，不過再這麼拖延下去的話，他一定會死！別忘了，這裡是魔界，邪惡魔王的地盤！」

霈林海的眼睛猛然睜大，全身上下一陣激烈的震動，凌厲的冷風從他的身上放射出來，風在結界內橫衝直撞，骷髏們在風中無聲的嘶叫著，一個接一個的化作粉末。

距離他最近的雲中榭覺得胸口一痛，本能的躍退兩步，一摸痛處，發現那裡竟憑空出現了一道深可見骨的猙獰傷口。

「不愧是……霈林海！」雲中榭咬牙笑道。

他伸手在胸口用力一抹，那道傷口立刻對合了起來，只留下一道細細的傷痕。而自始至終，他的傷口沒有出半點血。

霈林海已經看不見眼前的一切，他的目光正隨著女孩們咒唱的聲音溯源尋找，他的目光穿過了牆壁，穿過厚厚的地質，穿過無數的廊道，穿過樓厲凡的身體，穿過……

樓厲凡的身體？！

他迅速回頭，卻只看見樓厲凡的臉在黑暗中一閃，瞬間消失。

※◆◇◆◇◆◇◆※

樓厲凡坐在黑暗中苦思脫身之計，卻一籌莫展。

他連自己現在在哪裡、已經被關進來多久的時間了都不知道，又怎麼想得出如何脫身的辦法？

——實在不行，不如就在這裡自殺算了……

忽然，他感覺到身體一涼，好像有什麼東西穿過了他似的。

他立刻轉向那東西離去的方向，只捕捉到一雙很熟悉的眼睛，它在黑暗中亮了一下，然後不見了。

樓厲凡張大嘴，簡直不敢相信自己的眼睛。

——霈……霈林海？！

他什麼時候學會視覺追蹤的？

第10章 終於在魔王城見到「公主」

影像閃現得太快了，霈林海無法分辨剛才那驚鴻一瞥到底是真實的？還是自己的幻覺？但他的視覺仍在向下穿行，再想回頭去找已經不太可能了，他只有追隨著咒唱的方向繼續前行。

在咒術課程上他曾聽說過，如果是唱咒者圍成圓形的咒圈，那麼這個咒圈的中心便必定有一個破壞陣勢的「陣眼」，有時是一個人，有時是某樣咒具。在魔界是如何他不清楚，但咒術這個東西應該在三界都是一樣的吧。

咒唱的聲音越來越大，越來越清晰。霈林海知道，自己已經接近咒唱圈了。

驀地，他眼前一亮，「視覺」已經衝破黑暗而出，他「看見」了一個幽暗的房間，房間裡一群穿著和那些圍困他們的女孩完全相同服飾的女子，正圍著中間的一簇圓形火苗跳舞。

就是她們了吧。他心裡想著。

其實他直到現在還是沒發現自己是以什麼狀態過來的，還以為出現在這裡的自己是完全的靈體。

為了不讓唱咒者發覺，他果斷的決定先下手為強。

不過，這個念頭他只是在心裡想了一下，甚至還沒有把咒語唱出口，便聽見猛然席捲而來的可怕的風起之聲。

詭異出現的大風在狹小的斗室裡橫衝直撞，女孩們的咒圈頓時大亂，她們用他無法理解的語言尖叫著四處逃散，她們的裙子被風高高吹起，身體也出現了一道道被風刃劃破的血紅傷痕。

她們圍繞跳舞的那簇火焰落到地上，啪一聲被風刃割裂了一道口子，隨即灰飛煙滅。

「成功了！」

霈林海聽見東明饕餮他們的聲音，猛地睜開眼睛，發現自己仍然站在原地沒有動，而剛才圍繞他們唱咒的女孩們已經消失無蹤了。

「這……這到底是……？」

雲中榭拍拍他的肩膀，「幹得不錯。」他的聲音裡有明顯的讚許。

霈林海更加茫然了，「剛才……剛才是怎麼回事？」

雲中榭微皺眉，「忘了嗎？你剛才用視覺追蹤找到了唱咒者的位置，還不知道用什麼方法破壞了結界的陣眼啊。」

霈林海大驚，「視覺？！不是靈體嗎？」

「……是不是靈體，你自己應該最清楚才對吧。」

霈林海慌了，「如果只有視覺的話，其他力量就沒過去吧？啊……可、可是我看到……啊那個——那些跳舞的！然後我想了一下……她們亂跑啊——啊！受傷了——啊——怎麼回事……」

雲中榭做個手勢，示意他住口，「你別著急，慢慢說，我沒聽懂你在說什麼。」

「這個——你明白啊！就是那個——視覺過去，然後力量沒過去，我想了一下，她們就開始叫著跑掉，之後——」霈林海越是想用最簡潔的話語說清楚就越說不清楚，連手腳都比劃上了，還是沒把自己的意思表達明白。

「行了。」天瑾不耐煩的打斷了他詞不達意的話，不高興的說：「沒時間聽你廢話了，上面羅天舞他們還推著石頭，不想和他們一起變成肉泥就快點走。」

原來她還記得上面那兩個倒楣鬼啊……眾人心想。

雖然他們對她那種好像在驅趕牲口的語氣頗有微詞，但她的顧慮當然很有道理，他們必須節約時間，便都沒有說什麼，連霈林海也放棄解釋的打算，垂頭喪氣的跟著大家向下走。

※◆◇◆◇◆◇◆※

過長的甬道會造成無意識的催眠，這一點霈林海在強奪之間——當時還是情侶之間——的時候就知道了。

不過，這次的甬道雖然也很長，甚至擺設裝飾也沒有半絲變化，他卻沒有遭到和上次一樣的結果。

當然，這不是重點。重點是，他沒有受到催眠的困擾，這是好事。

問題是他被另外一種東西纏上了，那種感覺比被催眠更糟——

他想吐。

他們剛下來的時候，甬道是接近Z字形的，越往後走，Z字就越變形，到最後幾乎變成了盤旋而下的正圓形。

他們就像在彈簧的圓圈上呈環狀往下走，一圈又一圈，一圈又一圈……

霈林海覺得自己眼前和腦袋裡全是繞來繞去的圓，飛走一個又來一個，飛走一個又來一個……他越走越頭暈，越走越想吐，速度基本上已經是龜爬了，他還是覺得暈眩不已。

他又痛苦的堅持了幾個小時——其實只有幾秒，這段時間對他來說簡直是度日如年——他實在忍不住，找個角落便吐了個酣暢淋漓。

聽到後面嘔吐的聲音，前面四人停下了腳步。

「怎麼樣？」東崇問。

「沒……嘔……」霈林海已經吐得快說不出話來了，只能打手勢讓他們快走。怎麼看也不像是「沒」的樣子……

東崇想了一下，對東明饕餮道：「饕餮，你留在這裡陪他。我們走慢點，等他好點你們一起追上來。」

「噢。」

東明饕餮正想上去，霈林海卻捂著嘴用力向他們揮了揮手。

「沒事——你們先走，別耽誤了救……救人……」

東明饕餮看看東崇，東崇做了個放棄的動作。

「那你要快點追上來。」

「知道……嗯……了……」

他們的腳步逐漸向下，慢慢的聽不見聲音了。

霈林海扶著牆壁一點一點站起來，那些圓還在眼前晃來晃去，惹得他一陣陣噁心。

真沒用啊……他對自己感嘆著。明明說是要來救人的，人沒救到，卻先被這些其貌不揚的螺旋階梯打敗了……

不過話說回來，學校教學樓裡的明明也是螺旋階梯，為什麼他從來沒有反應呢？

難道會是這些牆壁的原因？學校的階梯是只有欄杆的那種……還是說在封閉的空間裡就有反應？就像暈車一樣。

他抬頭看看上方，當然那裡也是和甬道兩邊一模一樣的磚牆。

霈林海低下頭，猛然又抬起來。

——剛才磚牆……

——好像波動了一下？

他用力閉了一下眼睛又睜開，朝上方看去……

沒錯！磚牆的確在波動！而且是從直線逐漸變得扭曲，變成蜿蜿蜒蜒的曲線之後，還在左右扭動，像是什麼活物一樣。

霈林海傻眼了。

——這、這是什麼？

——難道魔界的牆也是會成精的嗎？啊！其他人都不在，怎麼辦？

以他的身高，稍微踮起腳，伸出手去就可以碰到那裡。

他很想碰，說實在的真的很想碰，因為他從來沒遇到過會波動的牆壁……但是……會有危險嗎？

他試著用手指點了牆壁一下，波動的牆壁就像水一樣漾出了一圈圈的紋路。

有兩個身影在那紋路中央顯現出了模模糊糊的輪廓，霈林海看不出那是什麼，但是更心慌了。

如果樓厲凡在這裡的話，肯定已經一腳踹上來了吧，然後說著像是「混蛋！怎麼能在不熟悉的地方隨便碰不知道是什麼的東西！」之類的……

可是現在再想起這句話已經晚了……

霈林海縮起脖子，就好像已經看到了樓厲凡在自己面前一樣，想迅速向前猛跑幾步，這樣就可以逃離那個奇怪的波動了。

他僅跑了幾步，回頭，那個波動已經從他剛才站的地方消失了。他鬆了一口氣，可是一抬頭，卻發現那個波動的範圍居然仍在自己的頭頂上！

他邁開長腿，一步兩級的瘋狂向下奔跑而去。

螺旋下降的階梯在他眼前迅速後退，更增加了比剛才慢慢行走嚴重的暈眩與噁心感，他一邊喘氣，一邊努力壓制胃裡翻江倒海的噁心感，就是不敢停下步伐，心裡只有一個念頭，那就是趕快擺脫那個奇怪的波動！

不知道跑了多久，約莫著自己已經逃過了，霈林海停下腳步，狠狠的深呼吸幾次。

——這……這回總該逃掉了吧？

他小心翼翼的抬頭……

然後絕望的發現，那個堅持不懈的波動依然停在他的頭頂上，連一絲一毫被挪動過的感覺都沒有。

不過，比起剛才來，它確實有一點不同了。

剛才那波動還只是「磚牆上發生的波動」而已，現在它已經變成了幾乎透明的顏色，裡面那兩個人的影像也越發清晰起來，可以看出應該是兩個女人，一個長髮、一個短髮，像是鏡中倒映的影像般動作一致的向他伸出雙手。

——這兩個女人，怎麼好像越看越眼熟？是我認識的人嗎？是遇到什麼問題了？或者只是幻覺而已……

樓厲凡的警告聲在他心裡劈啪作響，他卻還是忍不住用手指在波動上又碰了一下。

波紋發出水流翻滾的咕嚕聲，裡面的兩個身影剎那間清晰的呈現在他眼前。

「霈林海！」

那兩個女人的半身嘩啦一聲從波紋中探了出來，對他大叫。

霈林海險些一屁股坐到地上。

「御……御嘉、頻迦？！」

怪不得那麼眼熟，原來是樓厲凡的式神！

「妳們怎麼在這？厲凡在哪裡？他到底怎麼回事？他——」

御嘉和頻迦似乎很著急，一人一邊拉住了他的兩條手臂。

「別廢話！快點來！」

「哎？等一下！我還沒有和東崇他們說——」

「沒時間了！」

她們的力量大得驚人，毫不吃力的便將他強行拉了過去。

霈林海的腳在波紋外面掙扎了一下，很快便被拉進去，消失了。

波紋又發出了之前那種奇異的咕嚕聲，然後逐漸縮小，終於不見。

※◆◇◆◇◆◇◆※

天瑾回頭，瞳仁中有一絲波紋漾過。

東崇停下腳步，「天瑾？怎麼了？」

她轉回頭來，又繼續前行。

「霈林海不見了。」

「嗯？」

波紋在她的眼中，一波漾過，又是一波。

「剛才還一直在那裡，然後跑了幾步，現在不見了。」

「……」看來他們得習慣她這種簡潔的說話方式，否則她說的話他們會時常聽不懂……

東明饕餮忍不住道：「妳不是對他沒感應嗎？」

天瑾臉上的肌肉連動都沒動一下，「只要視為物品，這點感應還有。」

東明饕餮：「……」不知道霈林海要是聽到她的話會是什麼感覺呢……

他不知道霈林海已經對自己被視為「東西」這點傷心過一回了。

雲中榭問道：「他有危險嗎？」

「不知道。」

「不去救他沒關係嗎？」

「無所謂。」

「他說不定會死……」

「他面相沒那麼短命。」

「……」

也就是說，除了她想救的人之外，其他的人對她來說根本不存在……

雲中榭懷疑，就算他們三個倖存者都在她的面前被敵人抓去殺掉，她也一定能面不改色的繼續去完成她的任務。

※◆◇◆◇◆◇◆※

霈林海被拖入了幽深的水底，全身都被冰冷的液體淹沒。

御嘉和頻迦拉著他快速的朝某個方向游動，他緊閉著呼吸，害怕一個不小心液體就嗆進口鼻中去。

可是這樣不是辦法，他不知道御嘉和頻迦要帶他到哪裡去，也不知道目的地會有多遠。他閉氣時間的最長紀錄只有十分鐘，超過這個時間他就只能變成一具浮屍去救人了……

現在這個時候，他終於想到了樓厲凡為自己特訓的好處。如果當初樓厲凡把他強行按到浴盆裡練習閉氣時他沒有拚死掙扎就好了，比如像天瑾一樣，至少能閉氣半個小時的話，他現在也沒必要這麼心慌。

從落水開始他就一直在用靈力——現在應該說是魔力了吧——轉換供氧，但這樣的供氧是有限的，他的肺裡必須有足夠的氧氣，這樣可以一分化作十分，節約使用。樓厲凡的訓練就是要讓他將轉換時需要的魔力與氧氣比達到最大值，這樣他就可以用最少的氧氣轉換出最多的產物。

——真可惜……

他看了一眼手腕上泛著螢光的錶，已經十分鐘又三十秒了。如果是特訓的時候，樓厲凡應該就會給他一個「有進步」的勉強誇獎……

——現在不是想這個的時候！

他肺裡的氧氣只剩下一點點……不！已經沒有了！再不出去的話，他就控制不住肺裡的二氧化碳了……他一定會因為過度換氣死掉……

他的肺憋得快要炸了，耳朵裡就像耳鳴一樣有轟轟轟轟的聲音，他堅持不住了！

「咕——」他憋得實在沒有辦法，微微呼出了一口氣，氣泡從他的嘴邊咕嚕嚕的出來了一串。

「到了！」御嘉張口說道，兩人猛地在他的背上拍了一巴掌。

「嘩啦！」

「咚！」

「噗哈——咳咳咳咳咳咳……」

從水裡浮出來的霈林海趴在地上拚命的咳嗽，那種上氣不接下氣的聲音讓人聽著都替他痛苦。

「妳們拍他了？」

「是啊～厲凡～～人家我們好辛苦才把他弄來，拍他一下怎麼啦？」

——厲……厲凡？！

霈林海一邊繼續咳嗽，一邊向聲音的來源處望去，卻發現自己現在所在的空間中居然沒有一絲光亮，沒有風，沒有氣，沒有力量的流動，什麼也看不見，好像什麼也不存在，所有的一切都是「空」的一樣。

只有他腳下的地面是正常的，其他的都很不對勁。

「霈林海？怎麼不回答我？……他不會是嗆昏過去了吧？」

「討厭！人家我們只是淹他一下，不會昏的啦！」

「……算了。霈林海！你活著就回答一聲！」

霈林海不敢相信自己的好運，居然這麼容易就能找到樓厲凡，簡直再也沒有比這個更好的消息了。

他忘了要先回應，只想確認現在的情況，右手捏著訣不斷相搓，想讓火字成光，但奇怪的是不管他怎麼做，他的指尖都只是不停閃出劈啪的火星，怎麼也打不出火焰。

大概是看到了他手上的火星，樓厲凡的聲音又傳了過來。

「霈林海你這個蠢材！要是連你也能打著火的話，我還待在這裡幹什麼！」

霈林海呆滯，「……啊？」

「聽不懂嗎！這裡封印了我們的力量！」

雖然知道樓厲凡看不見，也不會在黑暗中衝上來向他揮舞拳頭，但霈林海還是習慣性的抱住了自己的頭……

樓厲凡怒得氣喘吁吁，等氣喘稍微平復下來，他的語氣變得稍微平和了一點。

「不過看在你來救我的分上，不和你計較了。」

「……」那還真是感謝你了……霈林海在心裡偷偷說，「不過……其實來救你的人不只是我，還有天瑾他們。」

「他『們』？有多少人？」

霈林海把名字一個個報了一遍，當然連花鬼也沒有忘記。聽完之後，樓厲凡陷入沉默。霈林海以為他是感動得說不出話來，卻沒想到他其實是——被他們不長腦子的行動而氣得說不出話來。

「厲凡你不用太感動，大家都是關心你的，一聽到你落難，都爭著要來……」

「你不用誇張事實。」樓厲凡冷冷的說道：「我是怎麼樣的人我還不知道嗎？那群傢伙裡至少有四個是被強迫來的吧。」

「呃……」羅天舞他們四個的確是……

「還有天瑾……」

「她絕對是主動來的！」霈林海立刻為天瑾澄清，「我對怎麼做才能救你一點概念也沒有，是她一直坐鎮指揮，否則我們還到不了魔界！」

雖然剛開始只是計畫找到他的位置，掉進這個空間則是個意外……

「她和你聯絡的時候你也聽到了吧？她是真的想救你。」

樓厲凡靜了幾秒，還是彆彆扭扭的哼了一聲，「……我現在不關心這個，我只在乎一件事情——你說這裡是魔界？」

「是啊，你不知道嗎？」

「我怎麼可能知道……」

在這裡什麼都被封閉了，他能知道才見鬼了！

「原來是魔界……可是怎麼會是魔界……」

「怎麼了？」

「沒什麼。」

「對了……厲凡，你是怎麼掉進來的？當時你失蹤的時候真是嚇了我一跳，還以為你怎麼了……」

樓厲凡嘆了一口氣，霈林海覺得他這一口氣好像呼得特別疲憊。

「霈林海，你過來。」

霈林海站起來，在黑暗中循著聲音摸到他身邊。有四隻柔嫩的小手抓住他的手腕，他一驚，不過立刻就反應過來那應該是御嘉和頻迦的手。

對式神來說，光與暗是沒有分別的，因為靈魂的視覺不需要光感，只要靈力就夠了。

那四隻小手將他的手放到了某人的腿上，按照位置來判斷，那應該是樓厲凡的腿，但是為什麼他的褲子上濕漉漉的，手指觸及之處還有點黏黏的？空氣中飄散著怪異但很熟悉的味道，有一點腥，還有……

「血！你受傷了？！」

樓厲凡不輕不重的嗯了一聲。

「你在哪裡受傷的？有沒有急救？傷口在哪裡？傷得深不深……」

「住口！冷靜！」樓厲凡打斷他的話，煩躁的說：「聽我慢慢跟你講！」

看起來受傷的那個很平靜，沒受傷的那個倒是慌了……

「噢……」

※◆◇◆◇◆◇◆※

那天，樓厲凡從霈林海住的客房那裡出來後就回到了自己的房間，由於封魔印的影響，他感覺非常的疲憊。

本想再查查姐姐們的行蹤，搞清楚她們究竟隱瞞了他什麼，但一擁而上的疲勞卻容不得他繼續挑燈夜戰，坐在電腦前面就睡了過去。

到現在樓厲凡還是不能確定，自己究竟是受封魔印的影響而給了別人可乘之機，還是說對方原本就設下了一個陷阱讓他進去。

他唯一知道的是，自己必定在睡覺前後遭到了某種形式的催眠，所以在他睡眠期間完全任何沒有警醒，等他醒來的時候才發現自己居然已經站在了應該是深埋地基之下的封印核心跟前。

保護核心的封閉室仍然密閉著，沒有通道，沒有空氣，沒有被侵入的痕跡，但是樓厲凡就是進去了。站在封印前面，他茫然失措了好一會兒，還是難以接受這個現實。

封印核心位於大廈地基下方正中央一百公尺處，被土層、金屬層、咒封層三層覆蓋保護著，要說樓厲凡就算清醒著也是沒辦法進得去，更何況是在無意識中？

不過，他很快就不再為這個煩惱了。

失去了三層保護的封印核心就在他的面前，只剩下最後一層保護體——琉璃罩。

那個琉璃罩是透明的，封印核心的光芒在罩中忽明忽暗，泛著清澈的藍光。琉璃罩的上面整整齊齊的蓋著四十二個靈異協會會長的印章封印。樓厲凡聽說過，協會每二十五年換一屆會長，每換一屆會長都會在樓家人的帶領下到這裡加蓋一道封印，這麼說，到現在怎麼也該有一千多年的時間了。

一千多年，這裡面有什麼樣的「魔」有必要封一千年？

課本上總是把「魔」形容得異常恐怖，青面獠牙、張牙舞爪，就差說他們是茹毛飲血了。可是這麼多年來，他連半個魔都沒碰到過——魔女倒是不少。他不禁懷疑，「魔」真的像書本上講的那樣嗎？到底誰見過他們？誰和他們接觸過？誰確認了他們可怕的習性？誰編出那種課本的……

協會會長的封印是保護性的，一個封印的力量就已經很強，更何況是四十二個，可見這個封印核心有多麼重要！

這種東西他不想碰，便想轉身離開，但卻發現自己居然一動都動不了！兩隻腳就像生根了一樣待在原地，他費盡力氣卻沒一點作用！

就在此時，他的耳邊出現了一個女人的聲音。

「去吧……」

「去吧……」

「去打開它……」

她在他耳邊輕聲細語，他聽不懂她的語言，但是卻理解她的意思，身體不由自主的跟隨著她的語言運動了起來。

他拚命控制自己的手臂不要伸出去，但是身體就好像已經不是他的一樣，他怎麼掙扎都沒有用，手還是不受控制的顫抖著舉起來，托住了琉璃罩。

※◆◇◆◇◆◇◆※

「你……你把封魔印破壞了！」霈林海慘叫。「埋得那麼深，封鎖加了一層又一層，再加上四十二代會長的封印，那下面封了多麼可怕的東西簡直不言而喻，樓厲凡卻把它給……」

「你那什麼口氣！」樓厲凡吼道，「是我願意的嗎！我有一點辦法抵抗的話還會做那種事嗎！你腦袋不會想啊！」

霈林海低頭認罪。

當然，樓厲凡和他是不一樣的，每次遇到困難他都會有無數的辦法幫助自己和別人脫困，所以這一次既然連他都束手無措，那就說明真的是毫無對策了。

※◆◇◆◇◆◇◆※

琉璃罩上有四十二代靈異協會會長的印章封印，當然不可能那麼簡單就被樓厲凡打開。當樓厲凡碰到琉璃罩的那一瞬間，琉璃罩上發出了刺目的光芒，他本能的想用自己體內的靈力抵抗，卻忘了自己身上其實早已沒有靈氣，而是全部充滿了霈林海的魔氣！

這個封印原本的作用就是封魔，琉璃罩的最大作用自然也是防魔，樓厲凡以魔力抵抗，簡直不亞於用汽油去滅火！

琉璃罩的顏色轉為通紅，散發出灼灼的熱量，他托起琉璃罩的雙手感到了彷彿被放在熔岩之中的劇痛。

存放封印的斗室中剎那間電閃雷鳴，不斷有強力的雷電四下猛打，危急中，他的身體又不由自主的左右擺動起來，每次都恰恰閃過攻擊。

儘管那些雷電並沒有打到他的身上，但它們是最強的電氣壓，僅僅是餘波的威力就讓他的心臟有種被什麼緊緊握住一般的窒息感。

他聽到心臟不規律的狂跳聲，感覺到胸口一陣緊似一陣的緊縮，心肌強烈的震顫與瀕死感讓他痛苦萬分，而最痛苦的是他的手——他的手仍然執拗的緊托著琉璃罩，他甚至都嗅到自己的皮肉被烤焦的味道了，雙手卻怎麼也不肯鬆開！

咬牙，猛地一掀，琉璃罩終於被他掀起來，扔到了地上。

琉璃罩在地上滾了幾滾，光芒逐漸暗淡下來。斗室中的電閃雷鳴突然在同一時刻消失，好像有人按下了遙控器的「STOP」鍵一樣，變得靜悄悄的。

樓厲凡看看自己被燙得血肉模糊的雙手，發現它們在琉璃罩失去效用之後便不再疼痛，並開始自動治癒，很快就連傷疤都看不見了。

——這個……這個保護封印似乎……比想像中還要弱？

——到底是我的能力強了，還是那個「據說」、「號稱」最強的靈異協會會長的印章封印太徒有其名？

橢圓的封印核心並不是直接放置在印臺上的，而是懸在印臺上方十幾公分處，緩慢的上下遊動。

他不受控制的雙手又一意孤行的伸向了封印核心……

※◆◇◆◇◆◇◆※

「你把它……捏碎了？」霈林海這回不敢大小聲了，而是很謹慎、很小心的問道。

「沒。」

「哎？要破壞這種封印不就是要把它捏碎嗎？」

封印核心的封印能力很強，但是卻很脆弱，就算被普通人輕輕捏一下都很有可能碎掉，也正是因為這樣，所以一般封印核心外頭才會有那麼多層其他封印來進行保護。

樓厲凡的聲音裡也帶上了幾分困惑，「我也是這麼想。既然進都進去了，核心就在眼前了，為什麼那個人不破壞呢？」

※◆◇◆◇◆◇◆※

樓厲凡的手緩緩伸向封印核心。他將封印核心從印臺上推得偏移了一點，露出印臺上一個小小的孔。

——這……這是什麼意思？！難道對方根本不想破壞封印，只是想進去？！

一股強勁的龍捲風在樓厲凡的身邊咻的冒了出來，圍著封印和樓厲凡瘋狂轉圈，好像在考慮到底從哪裡進去比較合適。

樓厲凡被風捲的力度吹得東倒西歪，幾次都差點被捲進去。

龍捲風終於確定了進去的位置，又圍著樓厲凡繞了幾圈之後，它錐形的底部一下子跳起來打了個彎，傾斜著往印臺中間的小孔硬插了進去。

然而那個小孔實在是太小了，龍捲風只鑽進一小部分就再也進不去了。它好像生氣了，比剛才更迅猛的旋轉起來，似乎想用鑽頭的原理硬鑽進去。這個時候，房間內旋轉的氣流越來越強，本來就已經搖搖欲墜的樓厲凡無法抵抗這麼大的吸力，昏頭昏腦的便被捲進了風眼裡面。

那龍捲風是怎麼進去、為什麼要進去的，樓厲凡一點都不關心。他只關心自己怎麼辦！難道也和風一樣鑽進去？那他一定會被擠成肉醬出來……

不過，他所想像的可怕場面並未出現，他被捲在風眼之中很順利的就鑽了進去——就像他也是風一樣。

再之後的事情他就不是很清楚了，龍捲風將他捲入一個陌生的空間之後便棄他而去，他在天空中不斷下墜、下墜，眼中只看到一片混雜著詭異顏色的世界，根本無法分辨什麼是什麼，所以也完全沒發現自己居然是掉到魔界來了。

下墜、下墜、下墜……怎麼還在下墜？他難道是在幾萬公尺的高空嗎！

風攪亂了他的氣，他無法使用質性轉換，甚至連靈氣馭空都不行！再這麼下去，他一定會變成肉餅！

突然嗤啦一聲，他的褲子被什麼東西劃破了，同時他感覺到左腿一陣劇痛，之後便昏了過去，再之後……再之後醒來就在這裡了。

《變態靈異學院03放開你的手，不准強奪他！》完

敬請期待《變態靈異學院04》精采完結篇！

Unusual

附錄漫畫

作者／蝙蝠
人設原案／TaaRO
漫畫／非光

非光

用電腦每小時會起來走走的上班族，
起身看遠處發呆也是一種享受！

FB：nlimme111

終於把天瑾
抬到床上了⋯
呃⋯
不知道怎麼回事⋯⋯
霈林海？
你怎麼了？頭疼嗎？
我看看⋯
啊！
反彈

揮開
厲……厲凡？你怎麼了？
啊？能量？哪裡的能量？什麼能量？
你的力量怎麼回事？那裡，有強烈的能量洩漏。
開門
我是校醫
啊

哦，
你們在玩求婚的遊戲嗎？
胡說八道！
摸
拍
幹什麼幹什麼
你幹什麼幹什麼！
摸

咳 咳
真想砍爛他的臉
我知道了，
霂林海現在
只對你一個人有反應。
!!
拿起
保健室
你這變態！
劇本第111頁
不是這樣寫的！
碰
咚
厲凡冷靜啊
嘿嘿嘿～

爺座下02
她的傲嬌相公
焓淇 著
梓攸 繪
他的帥氣娘子
她的傲嬌相公
全套2集、全國各大書店、網路書店、租書店，持續熱賣中！
傲嬌相公韓初見×腹黑娘子秦守七
這世代，男人也可很嬌很柔，女人也可很MAN很腹黑……
秦守七笑道 我信任你，有多愛你便有多信你。
韓初見心想 ……肉麻的七郎！太陽從西邊升起了嗎？！Σ('△'lll)
秦守七捏臉 你是無可替代的。
韓初見撲抱 討厭啦七郎～≧—≦
他終於守得花開，抱得美人歸了！
但是……為什麼是他被七郎公主抱？
典藏閣
華文聯合出版平台 www.book4u.com.tw
采舍國際 www.silkbook.com
不思議工作室
立即搜尋
版權所有© Copyright 2015

格帝亞少女
響生X高
純血烙印
「神啊我想要回家！」
別人是回到過去當格格，她卻是穿到未來變迷子?!
少女白火的囧囧人生，在未來世界華麗麗展開！
格帝亞少女
純血烙印
格帝亞少
純血烙
01-02集，全國各大書店、租書店、網路書店現正熱
典藏閣
華文聯合出版平台
www.book4u.com.tw
采舍國際
不思議工作室
立即搜尋
版權所有© Copyright

飛小說系列 159

變態靈異學院 03

放開你的手，不准強奪他！

出版者■典藏閣
作　者■蝙蝠　封面繪者■TaaRO　拉頁繪者■生鮮P　漫畫繪者■非光
封面設計■ChenWen.J
總編輯■歐綾纖
製作團隊■不思議工作室
郵撥帳號■50017206 采舍國際有限公司（郵撥購買，請另付一成郵資）
台灣出版中心■新北市中和區中山路 2 段 366 巷 10 號 10 樓
電　話■(02) 2248-7896　傳　真■(02) 2248-7758
物流中心■新北市中和區中山路 2 段 366 巷 10 號 3 樓
電　話■(02) 8245-8786　傳　真■(02) 8245-8718
ISBN■978-986-271-763-9
出版日期■2017 年 4 月

全球華文國際市場總代理／采舍國際
地　址■新北市中和區中山路 2 段 366 巷 10 號 3 樓
電　話■(02) 8245-8786　傳　真■(02) 8245-8718

新絲路網路書店
地　址■新北市中和區中山路 2 段 366 巷 10 號 10 樓
網　址■www.silkbook.com
電　話■(02) 8245-9896
傳　真■(02) 8245-8819

☞您在什麼地方購買本書？☜

1. 便利商店（________市／縣）：☐7-11　☐全家　☐萊爾富　☐其他________

2. 網路書店：☐新絲路　☐博客來　☐金石堂　☐其他________

3. 書店（________市／縣）：☐金石堂　☐蛙蛙書店　☐安利美特animate　☐其他____

姓名：________地址：________

聯絡電話：________　電子郵箱：________

您的性別：☐男　☐女　　您的生日：西元________年________月________日

（請務必填妥基本資料，以利贈品寄送）

您的職業：☐上班族　☐學生　☐服務業　☐軍警公教　☐資訊業　☐娛樂相關產業　☐自由業　☐其他________

您的學歷：☐高中（含高中以下）　☐專科、大學　☐研究所以上

☞購買前☜

您從何處得知本書：☐逛書店　☐網路廣告（網站：________）　☐親友介紹
（可複選）　☐出版書訊　☐銷售人員推薦　☐其他________

本書吸引您的原因：☐書名很好　☐封面精美　☐書腰文字　☐封底文字　☐欣賞作家
（可複選）　☐喜歡畫家　☐價格合理　☐題材有趣　☐廣告印象深刻　☐其他________

☞購買後☜

您滿意的部份：☐書名　☐封面　☐故事內容　☐版面編排　☐價格　☐贈品
（可複選）　☐其他

不滿意的部份：☐書名　☐封面　☐故事內容　☐版面編排　☐價格　☐贈品
（可複選）　☐其他

您對本書以及典藏閣的建議________

____

____

✌未來您是否願意收到相關書訊？☐是　☐否

✎感謝您寶貴的意見✎

印刷品

$3.5
請貼
3.5元
郵票
不思議信箱
FUSIGI POST

235 新北市中和區中山路二段366巷10號10樓

華文網出版集團　收

（典藏閣－不思議工作室）

變態靈異學院 Vol.3

This college
is a little strange.

Novel 蝙蝠 × Illust TaaRO